아버지는
변명하지 않는다,
다만 사라질 뿐

아버지를 인터뷰하다

아버지는 변명하지 않는다, 다만 사라질 뿐

초판 1쇄 발행 2021년 11월 25일

지은이 김경희

펴낸이 김현숙 김현정
일러스트 김미정 · 김주임
디자인 정계수
펴낸곳 공명
출판등록 2011년 10월 4일 제25100-2012-000039호
주소 03925 서울시 마포구 월드컵북로402, KGIT센터 9층 925A호
전화 02-3153-1378 | 팩스 02-6007-9858
이메일 gongmyoung@hanmail.net
블로그 http://blog.naver.com/gongmyoung1
ISBN 978-89-97870-58-5(03810)

아버지는
변명하지 않는다,
다만 사라질 뿐

아·버·지·를·인·터·뷰·하·다

김경희 지음

아빠를 쉽게 사랑할 수 없었던
수많은 자식들에게

작가 김경희는 방송작가로 20년이 넘게 수많은 다큐멘터리 작품을 세상에 내놓았으며, 담백하고 솔직하면서 깊이 있는 에세이 《마음을 멈추고 부탄을 걷다》를 통해 스스로를, 그리고 독자들을 위로했으며 《소설 제주》에서 제주로 향하는 외로운 여성의 이야기를 담아냈다. 김경희 작가는 여행하는 작가다. 방송작가다 보니 전국 방방곡곡, 그리고 세상 구석구석을 언제든 달려가는 작가다. 그런 김경희 작가가 이번엔 아버지의 이야기를 펼친다고 한다. 그리고 그 추천사를 나에게 부탁하다니 이렇게 반갑고 영광스러운 일이 또 있을까.

나는 아주 우연한 기회에 김경희 작가를 알게 되었다. 아니,

친구가 되었다. 어릴 적 내가 살던 작은 마을에 방앗간이 하나 있었는데 그 집 막내딸이 내 초등학교 친구였고, 어른이 된 후 그 친구로부터 "아마 마음이 맞을 것"이라며 경희 작가를 소개받았다. 김 작가가 〈삶의 향기 동서문학상〉에서 대상을 받은 직후였을 것이다. 〈커피 루왁을 마시는 시간〉은 커피 한 잔에 우아함과 쾌락과 비밀을 숨긴 여자를 그린 단편소설이다. 김경희 작가의 작품에 등장하는 여자들은 그녀처럼 담백하고, 고요하고, 달변은 아니지만 단단하고 생각이 깊다. 그녀들의 키워드는 '여행'이다. 미지의 나라에 가면 조금은 달라질지 모른다는 그런 희망 말이다.

《아버지는 변명하지 않는다, 다만 사라질 뿐》에서 김경희 작가는 아버지의 과거로 여행을 떠난다. 아버지의 과거를 알면 아버지에 대한 생각이 조금 바뀔지도 모른다고 생각했을 것이다. 아버지를 이해하게 된다면 마음에 평화가 찾아오지 않을까. 그렇게 아버지를 찾아 떠나는 여행은 시작된다.

아버지는 '주먹'으로 한 시대를 평정하려다 결혼으로 정신을 바짝 차리고 서울의 택시 드라이버가 되었다.

"1980년대를 살아가던 40대이자 가장인 아빠에게는

집에 돌아오면 그의 손에 뭔가 들린 것이 없는지 확인
하던 젊은 아내와 토끼 같은 자식들이 있었다. 택시 드
라이버인 아빠는 영업을 마치면 꼭 무언가를 사들고
집으로 돌아갔다. 시장 골목에 위치한 '맛나당'이라는
빵집에서 팥빵과 곰보빵, 혹은 밤 앙금이 든 생도넛을
한 봉지 가득 사오곤 했다."

"아빠는 돈을 버는 것만큼 노는 것이 중요한 사람이었
다. 택시 운전을 할 때도 겨우 이틀 일하고 몸져눕는
아빠는 휴일만 되면 다시 살아나 택시를 몰고 어디로
든 우리를 데리고 나갔다."

"내가 서울 시내의 한글 간판을 하나 둘 읽어나갈 때
마다 아빠는 '우리 경희 최고!'라고 치켜세우며 커다란
손바닥으로 내 작은 등을 툭툭 두드려주셨다."

야식을 사들고 귀가하는 아버지, 휴일이면 아이들을 데리고
짧은 여행을 떠나는 아버지, '우리 딸 최고'라고 치켜세워 주
는 아버지. 저자의 아버지는 자상하고 따뜻한 사람이다. 그러
나 그것이 전부가 아니라는 사실을 이 책 첫 장을 펼칠 때 이

미 눈치챘을 것이다. 아버지란 원래 그러니까. 엄마와의 관계가 애증(愛憎) 중에서 '애(愛)'로 더 기울어져 있다면, 아버지는 '증(憎)'으로 더 기울어진 존재가 아닌가(나만 그러한가)?

아버지는 성공하고 싶어 했지만 그것이 쉽지는 않았다. 택시를 잃고 IMF 시절에는 사업에도 실패한다. 작가의 말에 따르면 엄마는 개미형으로 노력하는 사람이고, 아빠는 잘 거 다 자고 놀 거 다 놀아야 하는 베짱이형이다. 그렇다 보니 부부 사이는 좋을 리가 없고, 작가를 비롯한 자식들은 아버지와 소원해진다.

> "그때 아빠가 기척도 없이 현관문을 열고 들어왔다. 순간 몇 초 정도의 정적이 흘렀다. 우리는 누가 먼저랄 것도 없이 웃음기를 거두고 각자의 방으로 스멀스멀 들어갔다. 엄마는 헛기침을 하며 부엌으로 가지 않았을까? 대게 이런 식이었다. 아빠의 등장에 식구들이 흩어져 각자의 공간으로 돌아간 일은 이후로도 종종 일어났다."

그럼에도 아버지는 혼자 TV를 독차지하고 거실에 앉아 있다. 아내를 고생시키고 '눈치도 없는' 아버지, 그 아버지가 암에 걸렸다. 작가는 아버지를 인터뷰한다. 아버지에 대해 더 알고 싶은 욕구가 작가 안에서 요동친다. 마흔이 넘은 자식이 여든이 넘은 아버지와 마주보고 앉아 40년간 하지 못한 이야기들을 끄집어 낸다. 비로소 불편하던 아버지가 멋있는 사람으로 느껴지고, 애매하고 어색한 사이도 조금씩 풀어지기 시작한다.

'자주 보아야 예쁘다. 오래 보아야 사랑스럽다'고 했던가. 가족도 마찬가지다. 실은 가족이기에 더 밉상으로 느껴질 때가 있다. 특히나 아버지란 존재가 그렇다. 그들은 가부장제를 바꿀 생각도 하지 않고 뛰어난 능력이 있는 것도 아닌데, 무모하게 사업에 뛰어들거나 투자를 하고 사기를 당하기도 한다. 그럼에도 아내에게 미안해하지 않고 체면부터 차리려고 한다.

우리 아버지가 그랬다. 우리 아빠는 술을 좋아하고 친구를 좋아했다. 주먹 쓰기를 좋아하고, 여행을 좋아해 주말마다 가족과 함께 여행을 다니는 것은 경희 작가 아버님과도 닮았지만, 우리 아빠는 때로 엄마를 폭행했고 한번 집을 나가면 석 달은 채워야 돌아왔다. 그는 집을 나갈 때 한 번도 언질을 준

적이 없다. 어디로 가는지 언제 오는지, 아니 나간다고조차 알려주지 않았다. 휴대폰도 없던 시절이라 우리는 아빠를 찾으려면 방방곡곡을 수소문해야 했다. 내가 태어난 날, 아빠는 증조할머니가 주신 병원비를 가지고 종적을 감췄다. 엄마의 말에 따르면 그렇다. 아빠의 집안은 유복하여 아빠가 몇 달간 집을 비워도 우리가 굶는 일은 없었지만, 나는 항상 아빠의 부재를 느끼며 자랐다. 초등학교 시절, 나는 아빠와 유난히 사이가 좋던 내 짝을 질투했었다. 그녀의 아버지는 대학교수인가 그랬는데, 딸아이에게 영어로 〈에델바이스〉 노래를 가르쳐 줄 만큼 다정한 사람이었다. 우리 아빠는 젊은 시절 밴드를 해서 기타도 잘 치고 드럼도 잘 쳤는데 한 번도 나에게 노래나 기타를 가르쳐준 적이 없었다. 나는 그 아이 앞에서 괜히 부끄러웠다. 무엇이 그리도 부끄러웠던 걸까? 나는 아빠를 쉽게 사랑할 수 없었고, 항상 아빠만 기다리고 원망스러움을 말로 전했다가 폭행당하는 엄마를 보면서, 아빠를 사랑하는 것은 엄마에 대한 배신이라고 생각했다. 그렇게 가족보다 친구, 집밥보다 약주를 찾아 이리저리 떠돌던 아빠는, 내가 초등학교 5학년 때 교통사고로 돌아가셨다. 아빠 나이 서른여섯이었다. 그래서 나에게 아빠는 평생 서른여섯의 모습으로 남아 있다. 차를 좋아하는 사람이니 차로 죽은 건 다행이라고, 말도 안 되는 소리를 하는 어른들도 있었다. 나는 아빠의 죽음을 믿을 수 없어서 3년은 울지 못했고, 드디어 눈물이 터졌을 때 아빠에게 한 번도 사랑한다는 말을 해주지 못한 것이-듣지 못한 것이 아니라 해주지 못한 것이- 무척이나 후회되었다. 그는 내가 세상에서 가장 미워했던 사람이었지만 동시에 내가 가장 사랑하는 사람 중 한 명이었다. 그런데 왜 아빠는 나에게 사랑한다고 한 번도 말해주지 않은 걸까?

1장에선 작가 자신의 이야기를, 2장에선 아버지와 가족의 이야기를, 3장에선 암투병 중인 아버지를 지켜보는 속내를 풀어낸다. 마지막장은 아버지와의 인터뷰다. 가족에게 진심을 물어보기가 쉽지 않은데, 작가는 용기를 내어 아버지 앞에 선다. 그 용기 덕분에 그녀는 아버지를 이해하고 받아들이는 기회를 가질 수 있었던 것이다. 아버지는 쑥스러움을 무릅쓰고 침착하게 작가이자 딸의 질문에 대답한다. 그리고 한 마디 변명도 하지 않는다. 아버지를 사랑하지 못한, 사랑할 수 없었던 수많은 사람들에게 김 작가의 아버지가 대신 대답을 해주는 게 아닐까 싶을 정도로, 아버지의 대답은 개인적이면서 보편적이다. 인터뷰를 하고 보니, 아버지는 큰 사람이었다. 생각했던 것보다 훨씬 좋은 사람이었다. 아버지는 딸에게 "좋은 글을 쓰고 좋은 작품을 남기는 작가가 되어주었으면 좋겠다"고 당부한다. 아마 작가 자신이 가장 듣고 싶었던 한 마디가 아니었을까?

이 세상 소풍을 끝내고 돌아간 하늘의 종착역에서 김경희 작가의 아버님은 조용히 읊조릴 것이다.

"우리 딸, 사랑한다"고.

"마음껏 살다가 오라"고, 그렇게 말이다.

김민정(작가,《엄마의 도쿄》저자)

딸은 아빠의 인생을 이해할 수 있을까?

3년 전 일이다. 서울 시내의 한 레스토랑에서 지인과 밥을 먹다가 뜬금없이 이런 질문을 받았다.

– 어른은 어떻게 하면 되는 거니?

그해 마흔네 살이던 그녀는 비혼(非婚)이었다. 결혼할 생각이 아예 없는 건 아닌데 일만 하며 지내다 보니 그렇게 되었다고 한다. 그녀는 나를 빤히 보더니 아이를 낳으면 어른이 된다던데 정말 그러느냐며 심드렁한 표정으로 물었다. 대체 왜 어른이 되고 싶은 거냐고 묻는 내게 그녀는 나이만 먹고 철이 안 드는 자신이 한심하게 느껴진다는 것이다. 그러면서 맥주

맛을 알면 어른이 되는 줄 알았는데 그것도 아니더라는 말을 덧붙였다. 나도 아이를 낳긴 했지만 진짜 어른이 되었다고 느껴본 적은 없다고 고백했다. 철이 없기로는 내 삶도 그녀와 별반 다를 게 없었기 때문이다. 이윽고 옆자리에 앉은 두 사람이 맥주를 마시며 시시껄렁한 이야기를 주고받는 것이 보였다. 왜 그런지 그들도 어른으로 보이지 않았다.

진짜 어른은 언제 되는 걸까?
「국어사전」을 찾아보았다. "어른이란 다 자란 사람. 또는 다 자라서 자기 일에 책임을 질 수 있는 사람이라는 뜻"이라고 되어 있었다. 자기 일에 책임을 지면 정말로 어른이 된 것일까? 여전히 의구심이 풀리지 않았다. 그런데 얼마 지나지 않아 나는 어른의 얼굴을 언뜻 보고 말았다. 대체 어떻게 하면 어른이 되는 거냐고 묻던 그녀의 아버지 장례식장에서였다. 꽤 수척해진 그녀는 어른의 얼굴을 하고 있었다. 나 같은 철부지들은 모르는 인생의 비밀을 알아차린 것처럼 그녀는 한없이 쓸쓸하고 막막해 보였다. 그때 생각했다. 자신을 어린아이로 봐주는 사람이 떠나야 진짜 어른이 되는구나, 라고. 그러면서도 그토록 진한 슬픔은 나와는 상관없는 일인 줄 알았다. 삶과 죽음의 경계를 생각하기에 나는 너무 가벼웠다.

여기, 여든두 해를 살아온 한 남자가 있다. 일제강점기 시절 전라도 이리(현재의 익산)에서 태어난 그는 광복 이후 혼란한 청년 시절을 보냈고, 서른이 가까워지자 부푼 꿈을 안고 고향을 떠나 서울로 향했다. 농업 기반의 공동체 사회가 해체되던 시기였고, 젊은이들은 상대적으로 먹고살 길이 나아 보이는 도시로…… 도시로…… 몰려들던 때였다. 그는 피죽도 못 먹을 정도로 가난한 시골이 지긋지긋했다. 서울에 가봤다는 사람들이 풍기는 도회지 냄새를 따라가면 새로운 삶이 열릴 거라고 믿어 의심치 않았다. 하지만 '눈 뜨고도 코 베어간다'는 서울 생활은 녹록하지 않았다. 서른 살의 남자는 아이가 줄줄이 생기면서 금세 마흔이 되었고, 그저 눈 한 번 감았다 뜬 것 같은데 순식간에 백발의 노인이 되어 있었다. 그는 자주 이런 말을 했다. 자신이 여든두 살의 노인이 되었다는 사실이 믿기지 않는다는 것이었다. 영웅이 되거나 역사에 남지는 못해도 그저 가족들과 남부럽지 않게 잘 살아보고 싶었던 남자. 인생은 뜻대로 되지 않더라, 그러니 너무 애쓰며 살지 말라고 했던 그는 여든두 살이 된 내 아버지다.

삼 남매 중 막내인 나는 여러모로 가장 많이 아빠를 닮았다. 외모는 그렇다 치고 식성과 성격까지 똑 닮았다. 그럼에도 나는 그와 좋은 관계로 지내지 못했다. 더 솔직히 말하자면 나는 꽤 오랫동안 아빠를 미워했다. 이유를 들자면 엄마를 너무도 고생시켰기 때문이다. 여자로서 행복한 삶을 살지 못하는 엄마를 보면서 나는 이 모든 문제의 원인이 아빠라고 생각했다. 사춘기 시절에는 눈도 잘 마주치지 않았고 아빠가 하는 말은 건성으로 듣고 한 귀로 흘려버렸다. 별로 도움 될 것이 없다고 판단했기 때문이다. 다른 집 아버지들처럼 가족을 위해 희생하지 않는 그가 나는 못마땅했다. 인물값 좀 하는 잘생긴 외모에 한량 기질까지, 아빠는 언제나 치열한 삶에서는 한 발 빗겨나 있었다. 그런 연유로 나는 그를 인정하지 않았다. 그리고 오랫동안 아빠의 인생에 등을 돌린 채 마흔을 훌쩍 넘겼다. 그러고 보니 나는 아빠에 대해 제대로 아는 것이 하나도 없었다. 그의 인생이 즐거웠는지, 고통스러웠는지, 혹은 살 만한 것이었는지 나는 아무것도 알지 못한다. 문득 이런 생각이 들었다. 내 아버지가 누군지도 모르면서 나 자신을 이해하고 사랑할 수 있을까? 누군가의 남편이거나 한 집안의 가장인 아버지의 모습이 아닌 평범한 한 인간으로서의 인생 말이다.

2018년 봄에서 여름 사이에 10번의 인터뷰를 진행했다. 방송작가로 수많은 사람을 만났지만 아빠와의 인터뷰처럼 긴장

된 적은 없었던 것 같다. 결론부터 말하자면 10번의 인터뷰를 통해 나는 그를 미워하고 있는 것이 아니라 사랑하고 있다는 것을 알게 되었다. 아빠와 마주 앉아 눈을 맞추고 무슨 이야기를 나눌 수 있을까 걱정했지만 그건 기우에 불과했다. 마지막 인터뷰 날, 우리는 생각보다 훨씬 가까워져 있었고 서로 꽤 대화가 잘 통한다는 사실도 알게 되었다. 두 시간씩 10번이면 될 일을 왜 30년이라는 시간을 돌아왔을까……. 후회가 되었다.

인터뷰 마지막 날, 아빠는 이렇게 말했다.

- 후회하지 말고 살아.

시간은 되돌릴 수 없는 거니까.

그러니 하루하루 즐겁게 살아야 한다.

10번의 인터뷰가 끝나고 정확히 한 달 후에 아빠는 암 선고를 받았다. 이런 것을 두고 운명이라고 부르는 것일까? 나는 그가 아플 수도 있다는 생각을 한 번도 해본 적이 없었다. 그리고 수술 후 1년이 가까워질 무렵, 거짓말처럼 아빠는 우리 곁을 떠났다. 언제나 거대하고 넘을 수 없는 단단한 벽 같았던 그가 약해질 수도 있으며 몹시 작아지다가 종국에는 사라질 수도 있다는 걸 나는 생각해본 적이 없었다. 딸은 아빠의 인생을 알 수 없었고 조금이나마 철이 들어서 이해하려고 할 때는 시간이 얼마 남아 있지 않았다.

2019년 여름, 누구도 죽음을 피할 수 없다는 사실을 나는 똑똑히 목격했다. 죽음은 그저 사라지는 거였다. 어제는 분명히 있었는데 오늘은 존재하지 않는 것, 그것이 죽음이었다. 시공간은 그저 한 줌에 지나지 않는다는 걸 왜 미처 몰랐을까?

누군가 이렇게 물을지도 모르겠다.

— 과연 딸이 아버지의 인생을 이해할 수 있을까요?

나는 적어도 노력은 해보라고 말하고 싶다. 아버지에게 묻는 100가지 질문은 그렇게 시작되었다.

차례

1장
아버지는
늘 불편한 존재였다

애매하고
어색한 사이

2018년 5월 24일. 오전 9시 30분.

아빠와의 인터뷰를 잡아놓고 솔직히 후회했다. 데면데면한 아버지와의 인터뷰라니……. 괜한 짓을 하는 건 아닐까 싶은 마음이 들었다. 약속 시간을 30분 앞두고 아빠에 대해 곰곰이 생각해보았다. 아무리 기억을 되짚어도 그와 5분 이상 대화해본 기억이 없었다. 언젠가 퇴근 후 집으로 돌아오는 길에 마을버스에서 아빠를 만난 적이 있다.

– 아…… 아빠!

– 어? 이제 오니?

- 네. 식사하셨어요?
- 암, 먹었지.
- 네…….

  금세 어색한 공기가 주변을 감쌌다. 아빠와 나는 늘 거기까지였다. 안부를 묻는 것 외에는 더 이상 나눌 말이 없었기 때문이다. 꽤 오랜 시간, 돌이켜보니 무려 20년 이상을 나는 아빠와 어색한 관계로 지냈다. 뭐랄까, 싫은 건 아닌데 한마디로 좀 불편했다. 혹은, 대화가 통할 리 없다고 지레짐작했다. 그래선지 아빠와 허물없이 사이좋게 지내는 친구들을 보면 늘 의아했다. 한 친구는 마흔이 넘은 나이에도 속상한 일이 생기면 아빠에게 전화를 걸어서 투정을 부린다고 했다. 그런 관계가 부러우면서도 나는 도무지 납득이 가지 않았다.
  아빠와 나, 우린 언제부터 멀어지게 되었을까? 너무나 아득해서 기억이 나지 않지만 한때 우리는 꽤 살가운 사이였던 것 같다. 지갑 속에 넣어둔 한 장의 사진이 그걸 말해주고 있다. 각각 네 살과 일곱 살인 나와 언니가 아빠의 커다란 품에 안겨 있는 사진이 있다. 두 딸을 양손으로 번쩍 안아든 40대 중반의 아빠는 젊고 다부진 몸에 자신감이 넘쳐 보인다. 강원도의 어느 바닷가, 아마 경포대쯤이 아니었을까? 햇살은 몹시

뜨거웠고 나는 눈이 부셔 얼굴을 찡그렸다. 적어도 이때까지
는 아빠를 좋아했던 게 분명하다. 그랬던 우린 대체 언제부터
멀어지게 되었을까?

첫 번째 인터뷰가 잡힌 날, 동네 카페에서 아빠를 만나기로
했다. 그런데 이상했다. 불편하고 어색한 마음과 더불어 묘한
설렘이 느껴졌다. 낯선 감정을 품고 카페로 향하는데 횡단보
도 반대편에서 신호를 기다리는 아빠의 모습이 보였다. 그는
중요한 약속 장소에라도 가는 듯 한껏 잘 차려입은 모습이었
다. 카키색 모자에 베이지색 스트라이프 재킷을 갖춰 입은 멋
스러운 노인이 저만치 서 있었다. 다른 건 몰라도 옷발은 참
잘 받아, 라는 생각을 하는데 아빠가 먼저 나를 향해 손을 흔
들었다.

- 경희야!

아빠는 더없이 환하게 웃고 있었다. 그런데 유감스럽게도
나는 웃음이 나오지 않았다. 그렇게 마주 선 채 서로를 바라본
적이 없었기 때문이다. 어색해 죽겠는데 아빠는 손을 흔들며
나를 향해 웃었다. 나도 도리 없이 한 손을 들어 몇 번 흔들었

다. 잠시 후 신호등이 초록불로 바뀌었고 어느 지점부터 우리
는 나란히 카페 방향으로 걸었다. 닿을 듯 말 듯 손끝이 몇 번
스쳤지만 누구도 상대의 손을 잡지는 않았다. 그럼에도 기분
이 묘하게 좋아졌다. 나란히 걷는다는 게 이런 거구나! 그러고
보니 아빠와 함께 걸어본 적이 없었다. 그는 항상 몇 발이라도
앞서 걸었고 우리는 늘 따라가는 쪽이었기 때문이다. 놀라운
것은 지금의 나도 아이와 어딘가로 향할 때 나란히 걷기보다
는 앞서 걷는 사람이라는 사실이다. 이것도 유전이 되는 걸까?

오전 10시. 아빠와 함께 나란히 카페 안으로 들어갔다. 그
공간에 들어와서야 나는 또 한 가지 사실을 알아차렸다. 지금
껏 아빠와 마주 앉아 커피를 마셔본 적이 한 번도 없다는 사
실이었다. 10분 정도 지나자 언니가 뒤늦게 카페에 도착했다.
그녀에게 인터뷰 참석을 제안한 것 역시 아빠와의 어색함을
희석시키기 위함이었다. 여든을 넘긴 아빠와 마흔을 넘긴 두
딸은 어색함과 후회, 그리고 약간의 설렘을 가지고 각자 마실
거리를 주문했다. 아빠가 먼저 아메리카노를 주문했다. 그때
까지 나는 아빠가 커피를 좋아하는 사람인지 전혀 몰랐다.

- 커피 좋아하세요?

- 그럼. 가끔 이렇게 한 잔씩 마시지.

- 누구랑요?

- 같이 그림 배우는 사람들과 종종 카페에 가지.

　나이 많은 내가 커피 한 잔씩이라도 사야 하지 않겠니?

　언니와 나는 서로를 동시에 쳐다보았다. 우리가 아빠에 대해 아는 것이 거의 없다는 사실을 알아차렸기 때문이었다. 인터뷰는 아직 시작도 하지 않았는데 마음이 조금 저릿하고 이상했다. 아빠는 원 샷도 아닌 투 샷이 담긴 뜨거운 커피를 한 모금 마시고는 만족스러운 표정을 지으셨다. 그러고는 두어 번 재킷을 고쳐 입으셨는데 빳빳하게 다린 셔츠가 스트라이프 재킷과 참 잘 어울렸다. 어깨 깡패인 아빠는 티셔츠보다는 재킷을 입을 때 더욱 자태가 돋보인다. 사람에게 자태가 좋다는 건 여러모로 이득이라는 생각이다. 문득 어릴 때 동네 골목 어귀에서 아빠를 마주친 기억이 났다. 그때도 아빠는 재킷 안에 잘 다린 셔츠를 갖춰 입으셨다. 그는 잠깐 외출을 하더라도 흐트러진 차림으로 동네를 활보한 적이 없다. 여든이 넘었음에도 패션 감각도 좋은 편이다. 대충 걸쳐 입은 것 같지만 안에 받쳐 입은 옷과 겉옷의 색상 배치까지 세밀하게 신경을 쓴다. 한마디로 감각적인 사람이라는 의미다. 이것이 공간의 힘이라는 걸까? 은은하게 흐르는 음악과 조명이 감싸는 카페에서 아빠를 만나니 전에는 미처 몰랐던 새로운 것들이 보였다. 내가 40여 년 동안 알아온 사람이 아니라 마치 처음 만난 사람과 마주 앉은 기분이었다.

- 아빠, 이제 녹음을 시작할까요?
- 그래, 해보자꾸나.
- 제가 질문하면 편하게 답하시면 돼요.
- 그러자. 뭐 재밌을 것 같구나.

아빠가 먼저 여유롭게 웃었다. 그는 역시 고수였다. 서두르지 않았고 느긋했으며 한없이 자애로워 보였다. 역시 뭐든 해보기 전에는 모르는 일이다. 예상과 달리 인터뷰는 편안하게 진행되었다. 아빠는 인터뷰를 많이 해본 사람처럼 대화에 거침이 없었고 표현력도 좋았다. 우리는 고개를 뒤로 젖히며 여러 번 크게 웃었다. 그리고 서로에게 꽤나 따뜻한 기운을 느꼈다. 커피가 식어갈 즈음 첫 번째 인터뷰가 끝났다. 어쩌면 이 프로젝트는 생각보다 훨씬 재미있을 것 같다는 예감이 들었다.

아빠,
외롭게 해서 미안해요

2019년 여름, 아빠가 떠났다.

열흘 전쯤부터 큰 태풍이 여러 차례 지나갔다. 그날도 아침부터 날이 잔뜩 흐렸고 뉴스에선 태풍 6호가 지나는 중이라는 속보가 흘러나왔다. '날씨는 하늘의 기분'이라는 말을 어디선가 들은 적이 있다. 그 말이 맞는다면 하늘의 기분은 2주째 변화무쌍한 게 틀림없다. 날씨에 꽤 민감한 나는 태풍이 다가오고 지나가는 동안 내내 기분이 들쑥날쑥했다. 태풍이 잠시 소강상태에 접어든 그날 아침, 잠든 자식들이 깨어나기를 밤새 꼬박 기다리신 아빠의 호흡이 조금씩 옅어지기 시작했다. 오전 10시가 넘어가는 시간이었다. 우리 남매들은 지난밤 어쩐지 모두 아빠 곁으로 모여들었다. 밤늦도록 옛날이야기를 나누었고 막내인 나는 다른 날보다 좀 더 많이 조잘댔다. 아침이 되자 배가 고픈 나머지 크림빵을 흡입하듯 먹어치웠다. 그리고 여유롭게 커피를 다 마셨을 무렵에야 아빠의 호흡이 점점 더 잦아들고 있다는 걸 알아차렸다. 아빠가 곧 우리 곁을 떠나실 것을 직감했다. 너무 슬픈 일이 코앞에 다가와 있는데 이상하게 아무렇지 않았다. 지금에 와서 생각해보니 실감이 나지 않았던 것 같다.

인간이라면 누구나 태어난 이상 죽는다. 너무도 당연한 명제인데 죽음을 경험해본 적 없는 나로서는 이 상황이 그저 연극처럼 느껴졌다. 아빠가 돌아가신 그날부터 지금까지 머리로는 이해되지만 마음으로 이해가지 않는 것은 단 한 가지다. 사라짐……. 방금 전까지 내 곁에 존재했던 사람이 어떻게 한순간에 없어질 수 있느냔 말이다. 나는 도저히 납득할 수 없었다. 죽음을 향해 가는 과정이 이토록 지난한데 막상 죽음 이후의 시간이 일사천리 흘러가는 것도 너무나 이상했다. 죽음은 피해갈 어떤 수단도, 방법도 존재하지 않았다. 남은 가족들이 하라는 대로 입던 옷을 벗고 거울을 봤는데 상복을 입은 내 모습은 어색하기만 했다. 딱 부모 잃은 이의 모습 그 자체였다. 저녁이 되자 조문객들이 찾아오기 시작했다. 그때까지도 이것이 현실인지 연극인지 나는 도무지 갈피가 잡히지 않았다. 하지만 아빠가 돌아가신 것은 인정해야만 하는 현실이었다. 아빠의 시신이 그 사실을 분명하게 말해주고 있었기 때문이다. 마지막 인사를 할 때 곱게 옷을 갈아입고 반듯하게 누운 아빠는 평소 주무시는 모습 그대로였다. 특유의 코 고는 소리만 들리지 않을 뿐, 어릴 때부터 늘 보고 자랐고 한때는 너무나 싫어했던 낮잠 주무시는 아빠의 모습 그대로였다.

학교에서 돌아와 안방 문을 열고 들어가면 아빠는 늘 대자로 누워 계셨다. 다른 집 아빠들과 달리 그에게는 언제나 낮잠 타임이 있었다. 은행원이나 회사원인 친구 아빠들은 이 시간엔 집에 없다던데, 사춘기가 시작되어 가뜩이나 반항심 가득한 나는 하릴없이 낮잠이나 자는 아빠가 이해되지 않았다. 아빠는 양손을 가슴께에 가지런히 올려놓고 낮잠을 주무시곤 했는데 숨을 고를 때마다 불룩 솟은 배가 오르내리기를 반복했다. 당시 아빠의 직업은 택시 드라이버였다. 그는 밥때가 되면 칼같이 집으로 돌아와 점심 식사를 마치곤 두어 시간 낮잠 타임을 가졌다. 엄마는 천하태평한 아빠의 성격을 늘 못마땅해 했다. 한 푼이라도 더 벌기 위해 낮잠은 언감생심이고 밤잠까지 줄여가며 돈을 버는 아빠들이 대부분인 시대였기 때문이다.

아빠는 그런 아버지들과는 삶에 임하는 태도가 좀 달랐다. 일이란 건 조금만 해야 하는 것이며, 놀 수 있을 때 하루라도 더 노는 것이 잘 사는 것이라고 생각하는 사람이었기 때문이다. 성실한 개미형 엄마와 베짱이형 아빠는 가치관이 다르다보니 싸우는 날이 잦았다.

- 잘 거 다 자고, 놀 거 다 놀고
  언제 남들처럼 집 장만을 하냐고요!

개미형 엄마의 생활철학으로 보면 아빠는 무능하고 게으른 한량이자 한심한 가장이었다. 더 자고 싶고, 더 놀고 싶었던 아빠는 결론이 빤한 일일 드라마 속의 단골 장면처럼 "이놈의 집구석!" 운운하며 자리를 박차고 나가곤 했다. 엄마도 진부한 드라마 속 주인공처럼 슬피 우는 날이 많았다. 내 기억 속의 엄마는 부엌에서 울고, 옥상에서도 울었으며, 부업으로 형겊인형에 눈을 달면서도 눈물을 훔쳤다. 그런 형편이니 딸인 나는 무조건 엄마 편일 수밖에 없었다. 점점 더 아빠가 미워졌다. 한번 밉기 시작하니 아빠가 낮잠 주무시는 모습도 곱게 보이지 않았다. 중학교에 올라갈 무렵엔 아빠라는 존재는 이미 내게 불편한 사람으로 각인되었다. 우리 사이의 거리감은 아마도 그때부터가 아니었을까?

한번은 이런 일이 있었다. 아빠가 집을 비웠고 엄마와 우리 삼 남매는 TV 코미디 프로그램을 보며 화기애애한 시간을 보내고 있었다. 아마도 〈유머 일번지〉라는 프로그램이었을 거다. 누군가는 모로 누운 채 TV를 보고 있었고, 나는 바닥에 엎드려 실없이 낄낄대고 있었던 것 같다.

그때 아빠가 기척도 없이 현관문을 열고 들어왔다. 순간 몇 초 정도의 정적이 흘렀다. 우리는 누가 먼저랄 것도 없이 웃음기를 거두고 각자의 방으로 스멀스멀 들어갔다. 엄마는 헛기침을 하며 부엌으로 가지 않았을까? 대게 이런 식이었다. 아빠의 등장에 식구들이 흩어져 각자의 공간으로 돌아간 일은 이후로도 종종 일어났다. 어색함 때문이었을까, 민망함 때문이었을까? 아빠는 자식들이 썰물처럼 빠져나간 TV 앞을 독차지하고 앉아 양말을 벗고 뉴스를 시청했다. 아무렇지도 않은 듯 뉴스를 보며 혀를 차기도 했고, 정치인들의 몸싸움 소식에 채널을 휙 돌려버리기도 했다. 나는 물을 마시러 부엌에 가면서 아빠의 뒷모습을 물끄러미 바라보았다. 등이 무척이나 넓었다. 나는 아빠의 뒷모습을 보며 이런 생각을 하기도 했다.

어떻게 아무것도 모를 수가 있지?
아빠는…… 정말로 눈치가 없는 게 아닐까?

이후로도 꽤 오랫동안 나는 아빠가 아무것도 모른다고 생각했다. 그런 생각은 거의 마흔 살이 넘어갈 때까지도 바뀌지 않았다. 실은 아버지가 등을 돌리고 앉은 줄 알았는데 그에게 등을 돌린 것은 우리들이었다. 내가 틀렸다. 아빠는 모르는 게 아니라 모른 척 했을 뿐이다. 자신이 얼마나 더 견딜지 확신할 수 없는 어느 날, 병실로 모인 우리에게 아빠는 손으로 편지를 썼다. 목소리가 더 이상 나오지 않았기 때문이다.

착한 우리 아들, 우리 딸,
너무 사랑은 하는데 표현을 못 했다.
어떻게 하는지 몰라서 그랬다.

기력이 다해 겨우겨우 써 내려간 손글씨였다. '사랑을' 하는데도 아닌 '사랑은' 하는데, 라고 쓴 글씨였다. '어떻게 하는지 몰라서 그랬다'라는 글씨에선 그만 말문이 턱 막혀왔다. 아빠는 모르는 게 아니었다. 모든 걸 알고 있었다. 안쓰럽고 미안하고 어찌할 바 모를 뜨거운 감정이 불쑥 올라왔지만 그냥 아무렇지도 않게 웃고 말았다. 지금에 와서 돌이켜보면 대충 얼버무린 감정들이 조금은 후회가 된다.

말할걸. 표현할걸……. 아니, 똑똑히 말했어야 하는 거였다. "아빠, 외롭게 해서 미안해요"라고.

사랑은 했지만 표현 방법을 영 몰랐던 중년의 아빠는 사춘기 자녀인 우리들과 함께 TV를 보며 웃고 싶었을 것이다. 누가 가르쳐준 적도 없었고 보고 배운 적도 없는, 아빠도 아빠 역할이 처음이라 어떻게 하는지 몰랐던 것뿐이다.

가족이란 참 이상하다. 너무 사랑한 나머지, 서로를 너무 아프게 한다.

2019년 7월의 어느 날, 6호 태풍이 지나간 고요한 아침에 아빠는 우리 곁을 떠났다. 그래도 남은 사람들은 여전히 그렇게 살아간다.

잃어버린 시간을
찾아서

오랜만에 아주 길고 단 낮잠을 잤다. 잠이 덜 깼을 때의 달콤함과 몽롱함을 떨치는 데는 커피만 한 것이 없다. 부스스 일어나 커피포트에 물을 올렸고 선반 위 쿠키 박스에서 과자 두 봉지도 꺼냈다. 잠이 덜 깬 탓인지 생각이 날 듯 말 듯 아련한 꿈 때문인지 몹시 허전한 기분이 들었기 때문이다.

낮잠. 커피. 그리고 달콤한 쿠키. 잃어버린 무언가를 찾기에 이보다 완벽한 조건은 없다.

마르셀 프루스트의 소설 《잃어버린 시간을 찾아서》에도 그런 장면이 나온다. 몇 번 도전했음에도 정작 제대로 읽지 못한 이 소설을 나는 호기롭게 펼쳐 들었다가 중간에 덮은 경험이 몇 번 있다. 아무려나 소설 속 주인공은 따뜻한 홍차 한 잔과 함께 마들렌 과자를 한 입 베어 무는 순간, 깊은 망각 속에 수십 년 동안 잃어버리고 있던 어린 시절이 눈앞에 펼쳐지는 놀라운 경험을 한다.

> "침울했던 하루와 서글픈 내일에 대한 전망으로 마음이 울적해진 나는 마들렌 조각이 녹아든 홍차 한 숟가락을 기계적으로 입술로 가져갔다.
> 그런데 과자 조각이 섞인 홍차 한 모금이 내 입천장에 닿는 순간 나는 깜짝 놀라 내 몸속에서 뭔가 특별한 일이 일어나고 있다는 사실에 주목했다."

-《잃어버린 시간을 찾아서1》, 마르셀 프루스트, 김희영 옮김, 민음사

삶이 후회되는 순간에는 가장 행복했던 순간으로 돌아가고 싶은 것이 사람 마음인지 이런 류의 타임슬립(time slip) 장치는 영화에서도 종종 등장한다. 높은 건물에서 떨어져 머리를 부딪친다거나 때론 옷장을 통해 과거로 돌아가기도 한다. 현실에서 그런 일은 일어날 수 없지만 누구나 그런 생각 한 번쯤은 해봤을 것이다. 시간을 되돌리는 타임머신, 정말 그런 일이 가

능하다면 아빠는 삶의 언제쯤으로 되돌아가고 싶었을까?

아빠가 돌아가신 후 사진을 정리하다가 그의 40대 시절 사진 몇 장을 보게 되었다. 가정이 있는 중년의 남자에게 40대는 어떤 시절일까? 슬슬 돈이 좀 벌리긴 해도 나가는 곳이 가장 많을 때 가족의 생계를 부양하고 있으니 어깨에 힘도 잔뜩 들어가는 시기일 것이다.

1980년대를 살아가던 40대이자 가장인 아빠에게는 집에 돌아오면 그의 손에 뭔가 들린 것이 없는지 확인하던 젊은 아내와 토끼 같은 자식들이 있었다. 택시 드라이버인 아빠는 영업을 마치면 꼭 무언가를 사들고 집으로 돌아갔다. 시장 골목에 위치한 '맛나당'이라는 빵집에서 팥빵과 곰보빵, 혹은 밤앙금이 든 생도넛을 한 봉지 가득 사오곤 했다. 운이 좋아 장거리 손님이라도 태운 날이면 아빠는 기름에 튀긴 통닭이 담긴 종이봉투를 들고 들어와 엄마에게 쓱 내밀었다. 그랬다, 그건 치킨이 아니라 통닭이었다. 자르지 않고 통째로 튀겨진 온전한 한 마리의 튀김닭. 그런 날이면 아빠의 어깨는 한 뼘 더 으쓱했을 것이다.

원래 꿈이 택시 드라이버가 아니었던 아빠는 술이 거하게 취한 날이면 비틀거리며 들어와 식구들에게 고함을 치기도 했

다. 주로 "내 인생이 왜 이래!" 이런 포효였다. 엄마는 자랑할 것도 없는 인생, 뭘 그리 큰소리 치느냐는 마음이었을 테지만 겉으로는 별다른 내색을 하지 않았다. 다음 날 아침, 술 깨는 약으로 간신히 정신을 수습한 아빠는 별수 없이 다시 운전대를 잡아야 했다. 엄마는 아빠가 또 술을 먹고 돌아오지 않을까, 늘 노심초사했다. 같은 이유로 자식들은 아빠 엄마가 또 싸우지나 않을까, 늘 불안했다. 어떨 땐 '우리 집은 이제 정말 끝났구나!'라는 생각이 드는 날도 있었다. 그래도 일상은 별 탈 없이 잘 흘러갔다. 아빠는 다시 퇴근길이면 무언가를 사들고 돌아오고 엄마는 삐죽거리면서도 그것을 받아들고 다시 자식들에게 내어주었다. 복날이면 어김없이 아빠의 손에는 수박 한 덩이가 들려 있었다. 아빠도 엄마도, 그 순간만큼은 행복했을 것이다.

어느 날엔가 아빠도 그렇게 말했었다.

– 아빠, 언제가 가장 행복했어요?
– 음, 너희들 어릴 때. 우리 식구 다 같이 살 때가 참 좋았지.
– 아빠가 밤마다 먹을 걸 사가지고 오셨잖아요.
– 그랬지. 자식들 입에 먹을 거, 들어가는 거 볼 때가 제일 좋은 거니까. 암, 얼마나 좋은지 그건 말도 못 하지!

투병 기간 1년이 지나갔다. 아빠는 그렇게 사계절을 보내면서 더 이상 예전의 아빠가 아니었다. 누구도 대신해줄 수 없는 투병의 외로움과 고독함에 아빠는 점점 무기력해지고 있었다. 그런데 인생의 환희 따위는 모두 잊은 것처럼 보이던 아빠의 표정에서도 눈이 반짝 빛날 때가 있었다. 내가 병실 문을 열고 들어설 때, 오빠가 좀 어떠시냐며 전화를 걸어왔을 때, 저만치서 걸어오는 언니와 나를 발견했을 때……. 아빠는 잠시나마 반짝 생기가 돌았고 희미하게나마 웃었다. 치명적인 병에 걸려 몸과 마음이 다 쇠하면서도 자식 좋은 마음은 사라지지 않는 모양이었다. 그저 내가 할 수 있는 건 잠깐이라도 아빠를 보러 가는 것, 그 앞에서 웃고 떠들고 졸거나 간식을 먹으며 아무렇지도 않게 함께 시간을 보내는 것뿐이었다.

얼마 전 동네 지인인 J 언니가 하던 일을 그만두고 베트남에서 돌아왔다. 마흔 후반에 한국어 강사 일에 도전한 그녀는 베트남으로 날아갔고, 그곳에서 정착한 지 딱 3년째 된 시점이었다. 도전 정신이 강한 J 언니는 베트남어를 한 마디도 할 줄 모르면서 그곳 대학에서 학과장 자리까지 꿰찼다. 결론만 놓고 보면 쉽게 꿈을 이루었다고 생각하겠지만 얼마나 많은 어려움이 있었는지 그 과정을 모두 옆에서 지켜본 사람으로서, 그렇게 일군 모든 것을 다 포기하고 한국으로 돌아온 그녀가 이해되지 않았다. 그런데 사연을 듣고 보니 절로 고개가 끄덕여졌다. 알츠하이머를 앓고 있던 그녀의 아버지가 조금씩 기억을 잃어가고 있었기 때문이었다. J 언니는 아버지가 자신의 곁을 떠날지도 모른다고 생각하니 무섭고 두려웠다고 한다.

  - 그 사이 아빠가 떠날까 봐 잠을 편히 잘 수 없는 거 있지. 한국에 돌아오기 전에 돌아가셨다면 아마 난 평생 마음이 편치 않았을 거야.

다행히 보름이라는 시간 동안 J 언니의 아버지는 잘 버텨주었고, 대부분의 사람은 알아보지 못하면서도 오랜만에 본 그녀를 향해 희미하게 웃었다고 한다. 그 이야기를 할 때 J 언니의 눈가에는 주르륵 눈물이 흘렀다. 나도 덩달아 가슴이 먹먹해졌다. 기억을 잃어가는 중에도 자식 좋아하는 마음은 본능처럼 남는다는 사실을 알게 되었기 때문이다.

우리 곁을 떠나기 며칠 전, 아빠는 막내가 왔다는 말에 가까스로 눈을 번쩍 뜨고 몇 초간 나를 바라보았다. 그 눈빛! 나는 그 눈빛을 아직까지 잊을 수 없다. 눈조차 뜰 수 없을 만큼 기력이 쇠한 상태에서도 온 힘을 끌어모아 한 번이라도 더 보고 싶은 것이 자식이라는 사실…… 그 절절함이 담긴 눈빛이 온몸에 전해져 왔다. 나도 가만히 한번 생각해보았다. 그런 마지막 순간이 내게도 찾아온다면……, 나 역시 그렇게 하지 않을까? 어떻게든 눈꺼풀을 들어 올려 사랑하는 아이의 얼굴을 한 번이라도 더 보고 싶을 것 같다. 아빠는 마지막으로 막내인 나를 똑바로 한 번 바라본 후 점차 의식이 희미해져 갔다. 그날 이후, 우리는 아빠의 눈 뜬 얼굴을 다시는 볼 수 없었다. 내 얼굴 한 번 더 보겠다고 사력을 다해 눈을 떴던 그 사람은…… 이제 내게 없다.

누군가 내게 타임머신을 타고 가서 되돌리고 싶은 시절이 있느냐고 묻는다면 나 역시 이렇게 대답할 것이다. 각자의 가정을 꾸려 흩어지기 전, 그러니까 원래 우리 식구들끼리 부대끼며 살았던 그때로 돌아가고 싶다고 말이다. VR이니 AR, 혹은 가상세계에 대한 기술이 나날이 발전하고 있으니 언젠가는 자신이 돌아가고 싶었던 시간을 설정해 다녀올 수 있는 프로그램이 나오지 않을까? 물론 아직은 상상만 가능한 일이다. 안타깝지만 시간은 이미 지나가버렸다. 아빠는 지나가버린 옛날 사람이 되었으며 나는 이렇게 뒤늦은 후회만 하고 있다. 타임머신 같은 건 없지만 지금도 나는 가끔 그 시절을 떠올린다. 그때를 생각하면 우리를 가만히 바라보던 아빠의 부푼 마음과 기분이 또렷이 느껴진다.

서울시 강북구 수유동
이야기

우리 가족이 수유리(지금은 수유동 혹은 도봉로)로 이사 온 것은 1980년대 초반이었다. 지금의 전라북도 익산, 당시에는 '이리'로 불렸던 지역에서 상경한 부모님은 그 시절 산동네였던 미아리, 그러니까 강북구 미아동의 한 셋방에서 나를 낳으셨다. 아빠가 먼저 서울로 올라와 자리를 잡은 뒤에 시골에서 태어난 오빠와 언니를 앞세워 엄마도 뒤따라 서울로 이사한 것이 1970년대 후반이었다. (와, 이렇게 쓰고 보니 정말 옛날 사람이 된 기분이다.) 가끔 나는 오빠와 언니에게 시골 태생인 두 사람과는 달리 나는 엄연히 서울 태생이라고 농담 삼아 이야기하곤 한다. 아빠의 서울 사랑은 내 이름에도 고스란히 드러난다. 경희(京姬), 그러니까 나는 이름 그대로 서울 태생인 뼛속까지 서울 여자다.

미아리 셋방을 전전하던 우리 가족의 서울살이는 수유리로 이사 오면서 정착궤도에 올라섰다. 당시 개인택시를 몰던 아빠는 상업은행에서 주택 대출을 끼고 자그마한 마당이 달린 단독주택을 구입했다. 월세를 받아야 하니 방 네 개 중 두 개는 세를 내줘서 우리가 쓸 수 있는 방은 고작 두 개뿐인 집이었다. 사춘기에 접어들자 오빠에겐 자기 방이 떡하니 주어졌다. 도리 없이 언니와 나는 아빠 엄마와 한 방을 써야 했다. 마치 드라마 〈응답하라 1988〉에 나오는 덕선이네 집처럼.

강북 출생인 나는 드라마 속의 덕선이처럼 미아동, 수유동, 쌍문동 인근을 벗어나지 않고 살았다. IMF로 우리 집이 은행과 다른 사람의 몫으로 넘어가기 전까지 20년 동안 줄곧 그곳에서 성장했다. 당시 서울 외곽의 동네 구조가 다 비슷했듯 우리 집역시 다세대 주택들이 늘어선 골목에 위치해 있었다. 골목마다자리한 구멍가게 앞에는 저마다 복합문화공간 역할을 하는 평상이 있었다. 동네 아주머니들은 그 평상에서 정보를 주거니 받거니 하고 수다를 떨며 때론 음주 가무를 즐겼다. 각각의 집에는 명패를 건 철제 대문과 콘크리트로 만든 쓰레기통이 있었다.

아침이면 학교 가는 아이들로 골목이 분주했고 저녁이면 얼큰하게 술에 취한 아버지들이 노래를 흥얼거리며 집으로 돌아왔다. 골목마다 한두 채 있는 2층 양옥집을 빼고는 모두가 비슷한 형편으로 살아갔다. 그래도 작든 크든 어느 집에나 마당이 있었다. 한쪽 구석에는 장독대와 오밀조밀한 화단이 자리했는데 저마다 취향은 달라도 꽃나무 한두 그루씩은 심어 놓았다. 아빠는 마당에 대추나무를 심었다. 시골에서 올라와 처음으로 마련한 집이니 대출이 많으면 어떻고 세를 많이 놓아 식구들 머물 방이 부족하면 어떠랴. 그래도 아빠에게는 명패를 단 자신의 집이었으니. 그때 그에겐 희망 같은 것이 있었을 것이다.

그 시절은 아빠들의 전성기였을까? 나는 수십 년이 지나서야 아빠의 진심을 알게 되었다. 82세가 된 아빠와의 인터뷰에서였다.

- 서울에서 처음 우리 집을 샀을 때, 기분이 어떠셨어요?
- 아유, 좋았지. 말도 못 하게 좋았지!
- 그렇게 좋으셨어요?
- 진짜 기분이 날아갈 것처럼 좋더구나. 그걸 어떻게 다 말로 표현하니?

서울시 강북구 수유동에 마련한 다섯 식구가 함께 살았던 그 집. 그곳은 인근의 다른 집들과 마찬가지로 단열이 안 되어 겨울이면 문풍지로 문틈을 매우는 게 일이었다. 그래도 틈새는 있기 마련이라 집은 겨울만 되면 냉장고 안처럼 몹시도 추웠다. 아빠는 거실에 깔아놓은 붉은 카펫 위에 난로를 설치했다. 난로 위에는 은박지에 싼 고구마가 있었고, 야심한 밤이 되면 엄마는 장독대에서 동치미를 꺼내왔다. 다섯 식구. 그랬다. 우리 다섯 식구는 겨울밤마다 빙 둘러앉아 삶은 고구마나 달걀을 살얼음이 낀 동치미와 곁들여 먹었다. 엄마는 달걀 한 판을 한꺼번에 다 삶아내기도 했다. 그땐 어찌나 식성이 좋았던지 삶은 계란 대여섯 개 정도는 거뜬히 먹어치웠다.

그렇다고 마냥 화기애애한 분위기만 있었던 것은 아니다. 사춘기에 접어든 자식들은 마지못해 둘러앉아 그저 먹는 데만 몰두했다. 그다지 사이가 좋지 않았던 아빠와 엄마도 마주 앉아 묵묵히 먹기만 했을 테지. 그렇게 아무렇지도 않고 아무 일도 일어나지 않으며 별다를 것 없던 그 밤들, 가끔은 그 밤이 너무 그립다.

우리 다섯 식구끼리만 살았던 그 시절, 그 밤. 맴맴 매미가 울고 요란하게 귀뚜라미 우는 소리가 들려오던 그 밤들 말이다. 나는 엄마에게도 그때가 기억나는지 물어본 적이 있다. 엄

마의 대답은 한결같다. 엄마에겐 아직도, 여전히 원망이 남아
있다.

 - 기억나지, 그럼! 너희들 한창 먹어댈 때라 뭘 해놓기가 아
   주 무서웠다. 으이구, 그때 느이 아빠만 돈만 잘 벌어왔으
   면 얼마나 좋니? 하여간 네 아빠 생각만 하면…….

엄마는 진절머리가 난다는 듯 고개를 내저었다. 각자 기억
의 순간과 의미가 다르지만 그럼에도 우리가 같은 시간을 공
유한 사이라는 것만은 변할 수 없는 사실이다. 그건 같이 밥을
먹고, 같이 잠을 자고, 같은 공간을 공유하며 시간을 보낸 가
족만이 기억할 수 있는 순간들이다. 아빠에 대한 이야기만 나
오면 여전히 불만을 쏟아내는 엄마지만 그래도 '그때 이야기'
를 나눌 땐 잠시나마 입가에 미소가 번진다.

기억을 더듬어 보면, 왜 그런지 나는 우리 식구가 함께 무엇
을 먹었던 순간들만 떠오른다. 아침을 먹고, 학교에 다녀와서
아랫목에 배를 깔고 엎드려 간식을 먹고, 저녁이면 구운 고등
어나 임연수, 혹은 산더미처럼 수북이 쌓인 꼬막을 맛있게 까
먹던 기억들, 늦은 밤 아빠의 개인택시가 골목을 돌아 들어오

는 소리가 들리면 엄마는 재빨리 고무 슬리퍼를 꿰어 신고 아빠를 마중 나갔다. 아빠와 함께 돌아오는 엄마의 손에는 기름으로 흥건히 젖은 종이봉투 속의 통닭이나 단팥빵, 생도넛, 찹쌀 꽈배기 같은 것들이 들려 있었다. 우리는 졸린 눈을 비비며 또다시 둥그렇게 모여 앉아 말없이 통닭을, 단팥빵을, 생도넛과 꽈배기를 먹었다.

어쩌면 그 시절의 나는 아침에 막 눈을 뜬 그 순간부터 지쳐 쓰러져 잠들 때까지 오로지 먹는 데만 몰두했던 것 같다. 돌이켜보면 무언가를 그토록 열심히 먹은 건 그때뿐이었다는 생각이 든다. 인생이란 건 모름지기 그런 때가 있어야 하는 게 아닐까? 그렇게 먹고, 또 먹는 우리를 흐뭇하게 바라보았을 아빠의 모습이 상상 속에 그려진다. 그때 아빠의 얼굴을 한번 바라보았다면 좋았을걸.

이제 아빠는 사라졌고 엄마는 혼자가 되었으며, 뿔뿔이 흩어진 우리 가족들은 저마다 또 다른 가족을 꾸려서 살고 있다. 누구나 그렇게 사는 거라고 다들 말하지만 나는 여전히 그때가 그립다. 이제 현실에는 없지만 내 무의식 속에는 여전히 그 밤들이 존재한다. 그 속에서 우리 다섯 식구는 지금도 말없이 둘러앉아 밤참을 먹고 있을 것만 같다.

12살,
아빠와의 인생 암흑기가 시작되다

인생에서 몇 번쯤은 철이 드는 순간이 있다. 내 경우에는 세 번 정도 그러했는데 열두 살, 열일곱 살, 서른네 살 즈음으로 기억한다. 삶이 다음 단계로 나아가는 경계를 넘는 시기, 누구에게나 그런 경험은 있을 것이다. 열두 살 때 나는 처음으로 '사는 게 뭐 이래?'라는 당돌한 생각을 했다. 사춘기가 남들보다 좀 일찍 온 그 시절, 나는 최대한 얼굴을 잔뜩 찡그린 채 인상을 쓰고 다녔는데, 간혹 '죽음이란 뭘까'에 대해 생각하기도 했다.

열두 살 인생이 막바지에 이르렀던 어느 날, 같은 반 친구가 자기 집으로 초대를 했다. '예지'라는 이름이 예쁜 아이였는데

반 친구들 중 마음에 드는 친구 몇 명을 집으로 불러 모은 것이다. 그 무렵, '경희'라는 지극히 평범한 이름에 불만이 많던 나는 예지나 예원, 주하나 민주 같은 세련된 이름을 몹시 부러워했다. 이토록 평범한 이름을 지어준 아빠에게 나는 불만이 이만저만이 아니었다. 어느 날, 이름에 심통이 난 나에게 아빠가 말씀하셨다.

  - 너는 원래 '현경'인데 최대한 이름을 평범하게 바꿔야 한
    다고 해서 '경희'라고 다시 지었단다.

그러니까 원래 이름은 현경(이것도 썩 마음에 들지 않지만)인데 나란 애는 타고난 사주팔자가 드세서 이름이라도 평범하게 바꿔야 했다는 거다. 그런 조언을 건넨 사람은 좀 더 구체적으로 가장 평범한 이름으로 바꿔주어야 남편 잃은 과부가 되지 않는다는 말도 덧붙였다고 한다.
그 이야기를 들은 한 친구는 내게 이런 말을 했다.

  - 그래서 이름을 바꾼 게 이 정도야?

아무려나 드센 사주팔자를 타고난 나는 나쁜 기운을 최대

한 잠재울 수 있는 평범한 이름으로 거듭나기 위해서, 어느 날 갑자기 '경희'가 되었다. 이름 콤플렉스 때문인지 나는 열두 살에 만난 '예지'라는 예쁜 이름을 가진 친구에게 단박에 호감을 느꼈다. 우리는 금세 둘도 없이 가까워졌고 하루가 멀다 하고 만나서는 놀이터를 쏘다니기도 했다.

그러던 어느 날, 초대받은 예지의 집에서 나는 잊지 못할 경험을 했다. 그날 이후의 나는 이전의 '경희'가 아니었다. 내가 열두 살의 그날을 잊을 수 없는 이유는 단 한 가지다. '모든 가정이 같은 모습으로 살지는 않는다'는 것을 처음으로 목격했기 때문이다. 내 열두 살 인생에서 한 번도 본 적이 없는 화목한 가정의 증거들과 문화적 격차는 나를 꽤나 혼란스럽게 만들었다. 예지의 엄마는 레이스가 달린 홈드레스 만큼이나 부드럽고 화사한 표정을 하고 우리를 맞아주셨다. 거실 한쪽에 놓인 전축에서는 클래식 음악이 연신 흘러나왔고, 베란다 앞의 통창문에 드리운 이중 커튼 사이로는 밝은 햇살이 가득 밀려들고 있었다. 마치 드라마 〈호랑이 선생님〉에 나오는 주인공 아이의 집처럼 모든 것이 완벽했다.

- 자, 맛있는 간식이 준비되었답니다!
모두 거실로 나와 주겠어요?

예지 엄마는 단정한 외모뿐 아니라 말씨에도 교양이 넘쳤다. 그녀는 딸기잼을 발라 삼각형으로 자른 샌드위치(끄트머리까지 완벽히 잘라낸)와 투명 유리컵에 담긴 달콤한 오렌지 주스, 버터 맛 과자 같은 것들을 탁자 위에 사뿐히 내려놓았다. 그 버터 맛 과자란 한 봉지에 워낙 적은 개수가 들어 있어서 식구 많은 우리 집에선 좀처럼 사지 않던 과자가 아니던가? 나는 얼른 손으로 과자를 집어 한 입 베어 물었다. 버터향이 확 풍겨오며 기분이 말랑말랑해지는 것 같았다. 그건 어쩌면 과자 향이 아니라 친구 집에서 풍기는 행복의 냄새였는지도 모르겠다.

　- 어머나! 넌 처음 보는 친구 같은데, 이름이 뭐니?

　교양 있는 주부인 그녀는 한껏 자애로운 표정으로 내게 이름을 물었다. 그런데 내가 '경희'라고 대답하자마자 방금 전과는 달리 놀란 토끼 눈을 하고는 큰 소리로 웃으며 말했다.

　- 어머! 진짜니?
　내 친구 중에도 경희가 여럿인데!

아마 그때 나는 입이 삐죽 나왔던 것 같다. 친구의 엄마 또래와 이름이 같다는 건 어쩐지 창피하게 느껴졌기 때문이다. 그런 내 기분을 알 리 없는 그녀는 거실 한 쪽에 놓인 그랜드 피아노로 성큼 다가서더니 익숙하게 연주하기 시작했다. 친구 말로는 엄마가 피아노를 전공하셨다고 했다. 잠시 후 친구의 안방에서 등장한 아버지는 아내의 연주를 감상하려는 듯 피아노 옆에 슬쩍 기대섰다. TV 속 〈주말의 명화〉에나 나오는 영화의 한 장면처럼 무척 아름다운 모습이라는 생각이 들었다. 열두 살 인생에게 그것은 꽤나 충격적인 장면이었다. 내가 익히 알고 있는 부부의 세계가 아니었기 때문이다. 그때까지 나는 꿀이 뚝뚝 떨어지는 시선으로 서로를 바라보는 부부를 한 번도 본 적이 없었다. 그건 종종 놀러 가던 옆집이나 앞집의 부모님들과도 다른 모습이었다.

아빠 엄마는 서로 으르렁거리며 싸우는 관계가 아닌가?
아, 이건 좀 이상해……. 부부가 마주 보고 저렇게 예쁘게 웃을 수 있다고?

모든 가정이 다 같은 모습으로 살지 않는다는 것을 알아차린 그날 이후, 나는 왜 그런지 성격이 좀 바뀌었다. 학예회 때

면 빠지지 않고 앞장서서 개그 코너를 짜고 출연까지 할 정도
로 까불이였던 나는 이후 조금은 과묵한 성격으로 변했다. 돌
이켜보니 그때 아빠를 꽤 원망했던 것 같다.

아빠는 왜 엄마를 저런 눈으로 바라보지 않는 걸까?
아빠는 왜 돈을 많이 벌어오지 않는 거지?
아빠는 왜 술에 취해 들어오는 날이 많을까?
아빠는 왜 클래식을 듣지 않고 뽕짝을 듣지?
아빠는 왜…….
우리 아빠는 왜???

그때부터였을까. 아니면 본격적으로 사춘기에 들어서면서
부터였을까. 나는 이유 없이 아빠가 그냥 좀 싫었다. '사춘기
가 되면 뇌에서 부모를 거부하라는 호르몬이 나온다'는 말을
어디선가 들은 적이 있다. 아무튼 나는 아빠가 싫었고 무엇보
다 몹시 불편했다. 대자로 누워 낮잠을 주무시는 모습도 별로
였고, 드르렁 코까지 골면 어쩐지 품위 없다는 생각이 들었다.
방금 전까지 TV를 보며 까르르 웃다가도 아빠가 들어오면 슬
그머니 일어나 자리를 피했다. 그럼에도 아빠는 한 번도 나를
불러 세우거나 나무라지 않으셨다.

20대가 되자 대학을 졸업하고 직장에 다니느라 바빠졌다. 결혼을 빨리해서 집을 나가고 싶다는 강한 충동을 느끼기도 했다. 그렇게 아빠와의 관계 암흑기는 생각보다 길게 이어졌다. 아빠가 여든이 넘고 내가 마흔이 넘을 때까지 나는 한 번도 아빠의 진심을 궁금해하거나 이해하려고 노력하지 않았다. 그럴 시간이 없다고 생각했다. 하지만 돌아보니 그건 핑계였다. 시간은 많았다. 다만 나는 그걸 놓친 것이다. 아빠와의 관계에 등을 돌린 세월은 지금도 진한 후회로 남아 있다.

30여 년이 지난 후, 나는 종종 컴퓨터 앞에 앉아 있는 아이를 뒤에서 바라본다. 코로나19 팬데믹 이후 주로 온라인 수업을 듣고, 게임을 하는 아이는 컴퓨터 앞에서 지내는 시간이 많기 때문이다. 간혹 농구를 하러 나가거나 친구와 햄버거를 먹고 들어오긴 하지만 요즘 아이들에게는 온라인 세상이 그에 못지않게 중요하다. 나는 아이와 좀 더 가까워지려고 간식을 들고 다가가 이것저것 캐묻는다. 귀찮음이 역력한 표정으로 나를 빤히 쳐다보던 아이는 고개를 휙 돌릴 때도 있다. 그럴 땐, 조금 서운하다. 30년 전 아빠도 나와 같은 기분이었겠지? 게임에 열중하는 아이의 뒤통수만 바라보다 나는 조용히 방문을 닫고 돌아선다. 그럼에도 밉지 않더라. 더 좋아하는 사람이 약자라더니 그 말이 딱 맞다. 30년도 더 지나서야, 나는 아빠에게 많이 미안해졌다.

단성사, 그리고
나의 첫 영화 〈장군의 아들〉

내 기준으로 한때 서울의 상징은 종로였다. 1980년대 말에서 1990년대 초, 해외여행 자율화 시대가 열리면서 당시 대학생들은 배낭여행이나 어학연수를 필수 코스처럼 인식했고 그런 이유로 종로에는 어학원들이 우후죽순 생겨났다. 그곳엔 어학원 말고도 영화관이 있었다. 당시 젊은이들은 금요일 오후가 되면 으레 모임 장소를 종로로 잡곤 했는데, 주로 종로서적이나 금강제화 건물 앞 혹은 낙원상가 쪽이었다. 주말에도 종로3가역을 빠져나와 약속 장소로 향하는 젊은이들로 종로 일대가 들썩들썩했다. '떠밀리다.' 그래, 인파에 떠밀려 앞으로 나아갔다는 표현이 적당할 것이다. 모두가 마스크를 쓴 채 서로의 표정을 알아볼 수 없는 일상을 살아가는 지금은 상상도 할 수 없지만 당시 종로 거리는 그러했다. '거리두기'가 존재하지 않던 세상, 앞사람의 뒤통수를 보며 꾸역꾸역 떠밀려 거리를 활보해도 하나도 이상할 게 없던 때였다.

종로의 인파는 아마도 영화관 때문일 공산이 크다. 오랜 세월 서울을 대표해온 영화관 중 하나였던 서울극장과 피카디리 극장, 단성사가 모두 종로에 위치해 있었다. 그나마 남아 있던 서울극장도 2021년 8월 31일에 영업을 종료했다니 어쩨 마음이 좀 쓸쓸하다. 여전히 서울에서 살아가거나 나처럼 한때 서울에 오래 살았던 이들에겐 추억의 장소인 종로 3가의 극장들은 이제 모두 역사 속으로 사라지게 된 것이다. 누구에게나 있었을 종로 3가 극장의 추억, 벌써 30년이 지난 일이지만 너무 생생해서 잊을 수 없는 기억이 내게도 있다.

1990년 6월 이른 여름, 아빠가 가족들을 불러 모아 이렇게 이야기했다.

- 오는 주말에 우리 다 함께 극장에 가자꾸나!
- ······.

보통의 가족이라면 아빠의 영화 관람 제안을 기뻐해야 마땅할 것이다. 그런데 아빠를 제외한 나머지 네 식구는 그 제안이 그다지 달갑지 않았다. 누가 먼저랄 것도 없이 우리는 어색한 미소를 지어 보였는데, 그 이유는 간단하다. 식구 다섯 명이 영화 관람을 하려면 대강 얼마를 써야 하는지 계산이 선 엄마는 경제적인 이유로 탐탁지 않아 했다. 대학생과 고등학생이던 오빠와 언니는 평소 원활한 소통이 없는 우리 가족의 나들이가 불편할 것이 뻔하다고 생각했다. 당시 나는 겨우 열네 살이었다. 본격적인 사춘기가 막 시작되던 무렵이었으니 가족과 함께 극장에 간다는 것은 그다지 경험하고 싶지 않은 일이었다. '가족끼리 왜 그래?'라는 말처럼 우리는 그야말로 동상이몽 가족이었다. 그런데도 아빠는 눈치가 없는 건지, 알면서도 그런 건지(나중에 알게 되었지만 후자에 속했다) 주말 영화 관람과 가족 나들이를 강행했다. 게다가 아빠가 제안한 영화는 온가족이 함께 볼만한 것도 아니었다. 그건 바로 임권택 감독의 〈장군의 아들〉이었다.

　〈장군의 아들〉이 어떤 영화인가. 1990년 6월 개봉한 이 영화는 1930년대 종로 우미관 일대에서 벌어진 실화를 바탕으로 만들어진 액션 영화다. 당시 엄청난 경쟁률의 오디션을 뚫고 발탁된 배우 박상민이 화려한 스포트라이트를 받으며 등장했다. 이 영화의 등급은 청불은 아니었지만 15세 이상 관람가였다. 그러니까 엄밀히 말해서 14세인 나는 들어가서는 안 되는 영화인 것이다. 사실 나는 친구들이 학교로 가져온 영화잡지에서 〈장군의 아들〉에 대한 칼럼도 이미 읽은 터였다. '박상민, 방은희 파격 베드신' 같은 야릇한 문구도 떠올랐다. 1990년이면 내가 20대 때 한 호도 빼먹지 않고 구입해서 읽던 〈씨네21〉이 창간되기 전이었으니 아마도 영화잡지 〈로드쇼〉나 〈스크린〉이 아니었을까 싶다. 아무려나 나는 그 영화의 수위(?)에 대해 아빠에게 이야기를 해야 하나 말아야 하나 내심 고민하다가 끝내 말하지 못했다. 아빠의 표정은 이미 등급 따위는 신경 쓰지 않아도 된다는 듯 기대와 기쁨으로 가득 차 있었기 때문이다. 결국 우리 가족은 각자의 불편함과 어색함, 짜증을 가득 안고 다가온 주말에 종로 3가로 향했다. 웃고 있는 사람은 오직 아빠뿐이었다.

흥행 영화답게 매표소 앞은 줄이 꽤 길었다. 6월의 이른 더위 속에서 긴 줄을 참고 기다리려니 조금 짜증도 났다. 이윽고 대기가 줄어들어 우리 가족도 매표소 창구 앞에 다다랐다. 대략 30분 전부터 나는 가슴이 콩닥콩닥 뛰고 있었다. 혹시 몰라서 "저는 열다섯입니다"라는 대답을 연습하고 또 연습했다.

마침내 우리 가족 차례가 왔다. 언제나 그렇듯 아빠가 나섰다.

　- 〈장군의 아들〉 다섯 장 주시오!

매표소의 투명 아크릴 칸막이 너머로 우리 가족을 훑어보
던 직원은 손으로 숫자를 세다가 문득 나를 빤히 쳐다봤다.

　- 맨 뒤의 여학생, 고등학생 맞나요?
　- …….

왜 그런지 무수히 연습했던 그 말이 입 밖으로 나오지 않았
다. 그때였다. 아빠가 표정 하나 바뀌지 않고 이렇게 대답했다.

　- 고등학생 맞습니다. 하하하!

나는 순식간에 귀부터 빨개졌다. 마치 몹쓸 범죄에 동원된
공범자가 된 듯한 이상한 기분마저 들었다. 매표소 직원은 나
를 한 번 더 휙 훑어보더니 이윽고 〈장군의 아들〉이라고 인쇄
된 영화표 다섯 장을 내밀었다. 갑자기 더워진 날 때문인지,
아빠의 거짓말 때문인지 그날따라 티셔츠의 등까지 흠뻑 젖

어 몸에 들러붙었다. 아빠는 영화표를 들고 앞서 걷기 시작했다. 몹시 불쾌하고 끈끈하고 이상한 감정을 느끼며 우리 네 식구는 저만치 성큼성큼 걸어가는 아빠를 따라갔다. 그는 단성사 앞에 위치한 다방으로 걸음을 옮겼다. 영화 시작 전까지는 한 시간 가량 여유가 있었고 우리 가족은 처음으로 다방에 마주 앉아 음료를 주문했다. 밥도 아닌 음료 따위에 돈을 쓰는 아빠를 엄마는 탐탁지 않은 눈빛으로 쳐다봤을 거고, 대학생인 오빠는 오빠대로, 고등학생인 언니는 언니대로, 고등학생인 척해야 하는 나는 나대로 영화를 보기 전부터 기운이 쫙 빠지는 기분이 들었다. 그날 우리 가족이 무슨 음료를 시켰는지, 다른 건 기억나지 않는다. 오로지 기억나는 건 아빠가 막내인 나를 위해 따로 주문해준 요구르트였다. 극장 앞 다방에서 맛본 요구르트는 시큼하고 달달했다.

옛날 말로 '시간은 쏜 화살 같다'더니 30년이 눈 깜짝할 사이에 지나갔다. 얼마 전 종로3가역을 빠져나가면서 나는 그때의 기억이 떠올랐다. 친구인 방송작가와 함께였는데 텅 빈 종로 거리를 보고 있자니 그야말로 쓸쓸한 느낌을 지울 수 없었다. 종로는 예전의 종로가 아니었다. 극장은 하나 둘 사라진 뒤였고 발 디딜 틈 없이 젊은이들이 몰려들던 거리는 한산하다 못해 휑했다. 1층 가게는 '임대'가 내붙은 곳도 많았다. 과거 시간들이 통째로 사라져버리는 것 같아서 괜스레 심란한 마음이 들었다.

그날 나는 단성사가 있던 자리도 들러보았다. 물론 영화관도, 요구르트를 팔던 다방도 사라진지 오래였다. 모든 것이 변해버린 거리 한복판에 잠시 서서, 30년 전 그때를 떠올려본다. 가족이 당시로는 파격적인 베드신이 있던 영화 〈장군의 아들〉을 함께 보던 시간들과 왠지 모르게 얼굴이 화끈거리던 기억, 시큼하고 달달했던 요구르트의 맛까지. 그날 영화를 다 보고 집으로 돌아온 뒤, 나는 뭔가 화가 잔뜩 난 채 우걱우걱 밥을 입에 밀어 넣으며 속으로 이런 말을 했던 것 같다.

이건 아냐, 이건 정말 싫어!

돌아보니 나는 그렇게라도 함께 영화를 보고 싶었던 아빠의 마음에는 전혀 관심이 없었다. 그때는 어려서 그랬지만 어지간히 나이를 먹은 후에도 나는 아빠의 마음을 이해하려는 그 어떤 시도도 하지 못했다. 언제나 나 자신만 최고였고 내 상황만 중요했으니까. 결과적으로 그 영화는 우리 가족에게 처음이자 마지막으로 함께 본 극장 영화로 남았다. 이런 까닭

으로 경계를 넘었던 그날의 기억은 내 인생 최고의 비밀스러
운 기쁨이 되었다. 앞으로 그 누가 나를 데리고 삶의 경계를
넘나드는 경험을 시켜줄까? 그런 사람은 이제 다신 없을 것이
다. 불편한 사람은 역시 인생에 도움이 된다.

가출의 추억

나에게는 가출의 흑역사가 있다. 열아홉 살의 겨울이었다. 대입 시험을 보고 난 직후였는데 대학에 가고 싶지 않았던 나는 고교 시절 내내 불만에 가득 차 있었다. 주입식 교육에 적응하기 힘들어 하던 나는 언젠가 일기장에 이런 글을 남기기도 했다. "마치 사과 궤짝에서 썩어가는 짓물러진 과일 같은 기분이야"라고. 세상 물정은 하나도 모르면서 감히 이렇게는 더 살 수 없겠다는 생각이 들었다. 그러고는 마침내 겁도 없이 가출을 감행할 결심을 하고 서울역으로 향했다.

경부선 하행선, 그러니까 밤기차를 타고 도망가려는 곳은 부산이었다. 왜 부산이었냐고? 서울에서 태어나 줄곧 그곳을 벗어나지 않고 살아온 내가 생각할 수 있는 가장 먼 곳이 부산이었기 때문이다. 살면서 한 번쯤 그럴 때가 있는 것 아닐까. 선우정아의 노래 〈도망가자〉처럼 그런 마음이 드는 때가 누구에게나 있다. 어디든 가야 할 것만 같은 그런 때. 아무려나 밤 기차를 기다리는 동안 마음속에선 묘한 쾌감이 일어났다.

그 사이, 기차가 천천히 플랫폼을 벗어나기 시작했다. 문득 창문에 비친 얼굴을 보았는데 왜 그런지 눈물이 차올랐다. '이런 일탈을 해도 되나?' 싶은 마음도 들었고 '다신 돌아오지 못하면 어쩌지' 하는 마음도 들었다. 일로 가끔 만나는 한 선배가 내게 이런 말을 한 적이 있다.

– 김 작가는 한 번도 일탈을 해보지 않았을 것 같아. 모범생이었지? 그렇지?

그런데 생긴 것과 달리 나는 한번 마음을 먹으면 갈 데까지 가보는 경향이 있다. 어쨌든 내 인생의 처음이자 마지막이 된 가출은 열아홉 살의 어느 겨울밤, 그렇게 시작되었다.

기차가 어두운 밤을 가르며 달려 도착한 시간은 새벽 다섯 시가 조금 넘었을 무렵이었다. 지금도 생생히 기억하는 장면은 부산역 앞의 아스라한 풍경이다. 가파른 언덕길 아래로 비

둘기 떼가 무리 지어 있었고, 갈팡질팡하며 주변을 서성거리는 새들을 보니 나와 처지가 비슷하다는 생각이 들었다. 이른 새벽 시간이었는데도 어디선가 당시 인기리에 방영되던 드라마 〈모래시계〉 OST 음악이 흘러나왔다. 나는 그 음악처럼 비장한 마음을 하고 부산이라는 도시에 첫발을 내딛었다.

서울 집에서는 그야말로 난리가 났을 시간이었다. 지금 생각해도 어찌 그리 당돌할 수가 있었는지 알 수 없지만 나는 부산에서 정확히 보름을 살았다. 서면 인근의 레코드 가게에 이력서를 내서 다행히 취직을 했고, 부전시장 근처에 월세방도 얻었다. 쌀도 한 봉지 샀고, 라면과 참치 같은 것들도 구입했다. 그저 집을 나가서 새로운 집을 얻으면 모든 것이 해결될 거라는 생각을 했던 것 같다. 철이 없다는 건 아마도 그런 상황을 두고 하는 말일 거다. 하지만 나는 철이 없는 시절이야말로 방황을 좀 해봐도 좋은 시기라고 생각한다. '선로에서 크게 벗어나지 않는다'는 전제하에 인생에서 몇 번쯤은. 누구나 길을 잃을 때가 있는 거니까.

내가 집을 나간 데는 몇 가지 나름의 이유가 존재했다. 우선 부모님의 사이가 좋지 않았다. 또, 그 즈음 암 투병 중인 외할머니가 우리 집에 머무셨는데 새벽마다 고통으로 신음하는 할머니를 바라보는 것이 나로서는 몹시 힘든 일이었다. 지금이야 그게 왜 집을 나갈 이유가 되나 싶지만 철이 없는 곤란한 인간이다 보니 당시엔 그런 마음이 들었다. 그리고 무엇보다 대학에 가고 싶지 않은 이유가 컸다. 공부에 취미가 없을뿐더러 미용을 배우겠다는 나의 의견을 가볍게 무시하는 아빠에게 무척 화가 난 상태였다. 나는 절대로 대학에 가지 않겠다고 우기기 시작했고 아빠는 난생 처음 내게 회초리를 드셨다. 쩍. 나무 회초리가 양쪽 종아리를 스치는데 몹시 아팠다. 아빠는 내 입에서 "알겠어요. 대학에 가겠습니다!"라는 말이 나올 때까지 연신 종아리를 때릴 기세였다. 하지만 나는 은근히 고집이 센 편이다. 그리고 앞서 말한 대로 비뚤어지면 갈 데까지 가보는 성향을 가진 아이였다. 쩍. 쩍. 종아리에 여러 줄이 그려지고 있었지만 나는 끝내 입을 열지 않았다. 결국 두어 시간 동안 든 회초리를 내던지고 아빠는 안방으로 들어가버렸다. 나는 내심 '이겼다'는 생각을 하며 고등학교만 졸업하면 정말로 집을 나가리라는 결심을 했다. 그리고 졸업식이 다 가올 즈음 부산행 밤기차에 몸을 실었다.

가출 후 보름이 지나갔다. 서면 시장 레코드 가게에서 일을 하던 중 문제가 생겼다. 실신을 하고 만 것이다. 고등학교 시절 내내 몸이 약해서 먹던 약이 있었는데 그걸 챙겨가지 않은 것이 화근이었다.

어리다는 것은 얼마나 무모한가. 가출을 하려면 계획이 있어야 하는데 약도 챙기지 않고 가진 돈도 얼마 없이 나는 무모하게 가방 하나만 둘러맨 채 집을 나간 것이다. 레코드 가게에서는 매일 같이 〈모래시계〉의 삽입곡이 흘러나왔고 나는 인생은 원래 비장한 거야, 라고 곱씹으며 LP판 진열대의 먼지를 털었다. 그런데 갑자기 현기증이 나면서 순식간에 정신을 잃었다.

정확히 보름 후, 나는 비쩍 마른 몸을 하고 패잔병처럼 집으로 돌아왔다. 그토록 꼴도 보기 싫던 집인데 막상 돌아오니 이제 살았다, 라는 생각이 들었다. 역시 잃어보기 전에는 그것의 소중함을 모른다. 집을 나가 보니 나는 다시 집이 좋아졌다. 그 사이에 아빠 엄마는 내 대학 등록금을 이미 내놓은 상태였다. 그리고 집으로 돌아온 내게 아무 말도 하지 않으셨다. 열아홉 살이던 내가 마흔 살이 넘어선 지금까지 아빠나 엄마 누구도 내게 당시의 일에 대해 묻지 않으셨다. 이 가출 사건에 대해 처음으로 이야기를 꺼낸 것은 아빠와의 인터뷰에서였다.

20년도 훌쩍 지난 그 일을 이제는 아빠에게 묻고 싶었다.

- 아빠, 저 집나갔을 때 기억나세요?

- 응? 기억이야 나지.

- 그때 어떠셨어요? 한 번도 그 이야기 꺼낸 적 없으시잖
 아요.

- 아휴……. 그땐 뭐…… 다시는 우리 딸 못 보는 줄 알았지.
 지금에야 하는 이야기지만 아침에 눈 뜨자마자 지하철 노
 선도를 놓고 하루씩 다른 역에 가보고…… 또 가보고……
 그랬다. 어제는 서울역, 오늘은 명동역…… 그렇게.

그건 내가 꿈에도 생각해보지 못한 일이었다. 나는 가슴이
턱 막히는 것 같았지만 애써 아무렇지 않은 척 아빠에게 다시
물었다.

- 서울 시내 지하철역을 다 돌아다니셨어요? 왜요?

- 혹시라도 우리 딸이 지나갈까 싶어서.
 그러다 너랑 비슷한 아이만 봐도 심장이 아주 그냥…….

- …….

- 하하하! 그만두자. 다 지난 일인데 뭐.

나는 수십 년이 지나도록 까맣게 모르고 살았다. 아빠가 나

를 찾아 지하철역을 헤매고 다닌 줄도 몰랐고, 다시는 딸을 못
볼까 봐 그토록 마음을 졸인 것도 전혀 알지 못하고 살아왔다.
자식이 속 썩이는 데는 쓸 약도 없다. 그저 속이 까맣게 타들
어가도 묵묵히 기다리고 견디는 것뿐 달리 방법이 없다.

　나는 얼마나 키우기 힘든 자식이었던가. 그리고 아빠는 내
게 왜 한 번도 묻지 않으셨을까?

　- 왔으니까 됐어. 돌아왔으니까 이제 된 거야……. 그렇게
　　생각했어.

　요즘도 출장길에 오를 때 나는 종종 경부선 기차를 탄다. 그
때마다 집을 벗어나 도망치고 싶었던 열아홉 살의 내가 떠올
라 마음이 뭉클해진다. 그런데 요즘은 어딜 가도 자꾸만 아빠
의 모습이 떠오른다. 서울역 계단을 오를 때, 명동역 플랫폼을
빠져나갈 때 머리가 희끗희끗한 노년의 신사를 보면 나는 어
김없이 가슴이 철렁 내려앉는다. 모르는 분들이지만 나는 그
들에게서 아빠의 모습을 본다. 한번은 기차를 기다리며 플랫
폼에 앉아 있는데 저만치에서 한 노인이 걸어오는 것이 보였
다. 그분은 아빠가 투병하는 내내 입고 있던 체크무늬 플리스
를 옷 안에 받쳐 입고 있었다. 흔하디흔한 실내복인 그 옷을

아빠는 세탁할 때 빼고는 투병 내내 입으셨다. 아빠는 그 옷을 입고 소파에 앉아서 꾸벅꾸벅 졸거나 살곰살곰 움직이며 집 안을 걸어 다녔다. 현관문을 열고 들어설 때, '내 딸 왔어?' 하는 표정으로 나를 바라보던 아빠의 표정이 지금도 눈에 선하다. 아빠가 입었던 그 옷과 비슷한 옷을 입은 노인들이 나를 지나쳐 사라질 때까지 나는 한참 동안 그분들을 바라본다. 그럴 땐 마치 내가 공터가 된 기분이 든다. 내가 집을 나갔을 때 아빠도 그런 기분이었겠지? 지금은 사라지고 없는 아빠에게 이 이야기를 한다면 그는 기쁠까, 아니면 슬플까?

안타깝게도 질문이 가닿을 방법이 없다.

이상한 슬픔이다.

요가 같은 사람

돌이켜보니 방송작가 생활을 한 지도 20년이 가까워진다. 스물여섯 살에 KBS 라디오 드라마 작가로 데뷔해 몇몇 프로그램을 전전하다 이십대 후반 TV 다큐멘터리 쪽으로 옮겼으니 올해로 꼭 19년째다.

그러다 서른 살에 아이를 낳았다. 아기가 태어난 지 100일이 막 지났을 뿐인데 일을 쉬면 낙오자라도 되는 기분으로 불안해서 견딜 수 없었다. 서둘러 다시 일을 시작했고 육아와 일을 동시에 하려니 몹시 힘든 시간을 보내야 했다. 하루를 꼬박 보내고 밤 12시가 넘어야 겨우 바닥에 등을 붙이는 생활이 이어졌다. 남들이 하루를 24시간으로 산다면 나는 48시간으로 쪼개서 살아야 한다고 여기던 시기였다. 그러면서 내가 세상에 목소리를 내고 있다는 것, 혹은 내가 쓸모 있는 사람이라는 사실에서 희열을 느꼈다. 그렇게 15년 이상을 쉬지 않고 달려오니 어느새 마흔 살이 넘었고 몸은 수시로 아팠다. 정말로 내가 세상을 바꾸는 데 일조하고 있는 것인가? 솔직히 고개를 가로저을 수밖에 없다. 아무리 변명해봐야 그저 내 만족으로 일했을 뿐이니까. 내가 방송 일을 그만둔다고 해도 아무 일도 일어나지 않으며 어쩌면 나는 그동안 허송세월을 보내고 있었는지도 모르겠다.

그런 생각이 들자 갑자기 모든 것이 허무해지면서 무력감이 찾아왔다. 그리고 마흔을 훌쩍 넘긴 어느 봄날, 갑자기 몸이 아프기 시작했다. 의사는 위가 멈춘 듯 잘 움직이지 않는 '위무력증'이라고 했다. 어떻게 하면 위가 멈출 수 있는 걸까? 병원 가는 걸 끔찍이도 싫어하던 나는 이틀에 한 번꼴로 한의원에 방문해 침을 맞았다. 그러면 반짝 살아날 때도 있지만 증상은 쉽게 호전되지 않았다.

어느 날, 버스를 타고 지나는데 맞은편 건물 위에 '전통 요가'라는 글씨가 보였다. 언젠가 TV 정보 프로그램에서 요가가 소화기관을 튼튼하게 한다고 했던 기억이 떠올랐다. 운동이라고는 숨 쉬기와 걷기가 전부인 내가 요가를 할 수 있을까? 나는 두려움과 약간의 기대를 가지고 다음 날 바로 요가원에 등록했다.

요가 수업을 들은 첫날, 가장 먼저 든 생각은 괜한 짓을 했다는 후회였다. 내가 보통사람의 몸보다 심각하게 뻣뻣하다는 것을 알게 되었기 때문이다. 안 쓰던 근육을 써서 그런지 수업을 받은 다음 날부터 이틀 정도는 걷기도 힘들었다. 특히 아쉬탕가 요가(Ashtanga Yoga)의 경우, 마치 오체투지(五體投地)라도 하는 것처럼 정신이 혼미해져서야 하루 수련이 끝나곤 했다. 결국 체력과 인내심이 한계에 이르고 말았고, 나는 요가 학원을 그만두어야겠다는 결심을 했다. 그런데 약해빠진 내 마음을 확 돌리게 된 계기가 있었다. 그것은 수련을 마친 후 요가 선생님께서 건넨 한 마디 말이었다.

- 힘드시죠?
- 네, 몸이 안 따라주니 힘드네요.
- 요가는 미래에 올 고통을 미리 겪는 거예요.
- 네? 미래에 올 고통이요?
- 지금 겪으면 미래에 닥칠 고통을 좀 더 편안하게 받아들일 수 있을 겁니다.

요가 선생님은 득도한 사람처럼 온화한 목소리로 내게 고통에 대해 이야기하셨다. 왜 그런지 모르겠으나 그 말을 듣는 순간, 나는 아빠가 떠올랐다. 그는 내가 미래에 겪을 어려움을 미리 겪게 한 사람이기 때문이다. 그랬다, 아빠는 내게 요가 같은 사람이었다.

아빠의 존재는 내게 늘 연구대상이었다. 그는 늘 사람을 헷갈리게 했다. 어떨 때 보면 남자다운 모습이 있는 것처럼 보였다가 순식간에 비겁한 모습을 드러내기도 했다. 그럴 때면 늘 허를 찔린 기분이 들었다.

아빠라는 사람이 어떻게 저럴 수 있지?
아빠라면 가족을 위해 전적으로 희생해야 하는 거 아닌가?

아빠를 보며 나는 자연스럽게 사람에 대해 생각하는 습관을 가졌다. 어떤 게 아빠의 본모습일까 헤아려 보기 위함이다. 고민의 힘이란 그런 걸까? 나는 웬만하면 사람에게 잘 속지 않는다. 다른 사람에게 속거나 이용당하는 아빠를 수없이 봐왔기 때문이다. 한두 번이야 속을 수 있다지만 아빠는 뒤돌아서면 또 속았다. 그러면서 재산도 많이 잃었다. 웬만하면 다시는 안 볼 사람도 시간이 지나면 아빠는 마음에 담아두는 것 없이 또 보는 사람이다. 어린 마음에는 그런 모습을 보며 아빠가 참 바보 같다는 생각을 했다.

하루는 술에 잔뜩 취해 집에 들어온 아빠가 거실에 앉아 울부짖는 모습을 보았다. 마치 "내 인생은 도대체 왜 이 모양이야!" 하고 포효하는 한 마리 사자처럼 보였다. 아빠는 그런 사람이다. 자신의 잘난 모습이든 못난 모습이든 고스란히 노출하는 사람이다.

'천의무봉(天衣無縫)'이라는 말이 있다. 그 말을 듣고는 나는 단박에 아빠를 떠올렸다. '하늘나라 사람의 옷은 재봉선이 없다'는 말이다. 그것은 '너무 아름다워서 흠잡을 데가 없다'는 뜻도 되지만 '옷감에 재봉선이 없다 보니 치부가 다 드러날 수도 있다'는 뜻도 된다. 아빠도 그랬다. 자신의 치부를 가리기 위해 마음을 숨기고 안 그런 척 하는 것은 아빠의 성향이 아니었다. 그러다 보니 주변 사람을 힘들게 하는 경우도 종종 있었다. 그런 탓에 아빠 같은 사람들은 결국 무인도처럼 외로운 삶을 산다. 하지만 그들은 적어도 자신을 속이고 살지는 않았다. 단점과 치부가 다 드러나는 아빠로 인해 힘들 때도 많았지만 다르게 보면 나는 아빠 덕에 생각의 힘을 기를 수 있었다. 가히 미래에 올 고통을 미리 겪게 하는 그는 요가 같은 사람이다.

마흔이 훌쩍 넘어서야 나는 아빠의 인생을 있는 그대로 받아들이게 되었다. 아버지라는 존재가 모두 희생적이고 훌륭할 수는 없을 것이다. 꿈을 이루지 못한 아버지도 있고, 자랑할 거 하나 없는 인생을 산 아버지도 있다. 그래도, 그들은 아버지라는 자리를 지키고 살아왔다. 그저 최악의 아버지만 아니면 되는 게 아닐까? 자식들은 훌륭한 아버지든 조금 못난 아버지든 모든 것에서 나름대로 배우며 자란다. 꿀처럼 달콤한 아버지이든 요가처럼 미리 고통을 겪게 하는 아버지이든 그들 모두 누군가의 아버지다. 그리고 어쩌면, 그들은 그 나름대로 최선을 다했는지도 모른다.

허영의 쓸모

    아빠가 어린 시절의 나에 대해 가장 많이 이야기하신 것 중 하나는 세 살 무렵, 벌써 한글을 깨우치고 읽었다는 점이다. 그게 무슨 자랑거리라도 되는 것처럼 아빠는 집에 오는 손님들에게든 어딜 가서 누굴 만나든 침을 튀어가며 그 이야기를 하셨다.

    - 쟤가 세 살 때부터 혼자 한글을 깨쳤잖아.

    택시 몰 때 옆자리에 태우고 다니면 지나가는 간판을 죄다 읽었다고.

    안 믿겨? 진짜라니까 그러네, 이 사람이!

아빠는 마치 내가 '될성부른 떡잎'이라는 식으로 말하며 그런 연유로 내가 작가가 된 것이 아니겠느냐며 뿌듯해하셨다. 하지만 그건 결코 내가 '될성부른 떡잎'이라서가 아니다. 아빠가 매일 차에 태우고 다니며 간판을 읽게 하니 어쩌다 글자 한두 개를 맞췄을 것이고 또 잘한다는 칭찬을 들으니 그저 글자를 외워보려고 노력했을 뿐인 것이다. 내가 서울 시내의 한글 간판을 하나 둘 읽어나갈 때마다 아빠는 "우리 경희 최고!"라고 치켜세우며 커다란 손바닥으로 내 작은 등을 툭툭 두드려주셨다. 그 손바닥에서 전해지는 사랑의 무게가 너무 커서 나는 더 기를 쓰고 글자를 외우려고 했던 게 아닐까? 부모들은 다 자기 자식이 천재인줄 아는 거니까.

아무튼 아빠가 사람들을 만날 때마다 그 이야기를 무슨 영웅담처럼 자랑하는 모습이 나는 썩 유쾌하지만은 않았다. 그건 비단 나에게만 해당되는 이야기는 아니었다. 나와 달리 공부를 썩 잘했던 언니에게 아빠의 기대는 한없이 높아지더니 끝 모를 곳으로 치달았던 게 문제였다. 한번은 친척들이 다 모인 계모임 자리에서 아빠가 어깨를 으쓱하며 언니의 학업 등수를 전격 공개하고 말았다. 전교 1등(사실 이것도 대단한데)이던 언니의 성적은 어느덧 전국 1등으로 둔갑해 있었고 당시 친척들을 아빠를 향해 부러움과 찬사를 보냈다. 1등은 언니가

했는데 왜 아빠가 찬사를 받는지 모르겠지만 당시의 어른들은 그랬다. 내가 곧 자식이고 자식 또한 나였으니까. 그럴 때마다 언니는 쥐구멍에라도 들어가고 싶은 심정이 되어 얼굴이 빨개지곤 했다. 그나마 성격이 덜 까칠한 나는 아빠의 허영 섞인 자랑을 무심히 듣고 넘기는 편이었지만 성격이 예민한 언니에게 그건 불행이었다.

'비어 있다'라는 의미의 '허(虛)'와 '꽃이 화려하게 피다'라는 의미의 '영(榮)'으로 이루어진 글자 허영(虛榮), 아무리 인간이 허영적인 존재라지만 성격이 고지식한 언니는 도무지 아빠의 허영을 이해하기 힘들어 했다. 우리는 어른이 되어서도 줄곧 아빠의 '허영'을 놓고 열띤 대화를 나누곤 했다. 우리에게 아빠는 늘 연구대상이었기 때문이다.

그런데 마흔이 넘은 뒤로는 우리가 조금 다른 이야기를 하고 있다는 것을 알게 되었다. 내가 세 살 때 한글을 깨우친 것이나 우등생인 언니가 공부를 잘하는 것, 오빠가 씨름대회에 나가 상을 탄 것 말고는 아빠의 삶에서 그다지 뽐낼 것이 없었다는 것을 알았기 때문이다. 서울로 상경하기 전, 아빠는 전라북도 이리에서 힘이 가장 세기로 소문난 장사였다. 힘세고 추진력 좋은 아빠에게 동네 사람들은 이런저런 일을 부탁하는 경우가 많았다. 아빠는 곤란할 정도로 여자들에게도 인기가 좋았는데 이리 읍내를 지나다닐 때면 화교가 운영하는 중국집과 양장점, 도라지 위스키를 파는 다방에서 아빠를 서로 모셔가려고 안달이 났었다. 그러니까 아빠는 이리라는 시골 동네에서 요즘 말로 '핵인싸'였던 셈이다. 그런데 서울에 올라와 택시를 몬 뒤부터 아빠의 삶은 몹시 달라져 있었다. 술 취한 손님들에게 시달리기 일쑤였고, 안하무인인 승객들은 택시 운전사를 함부로 대했다. 옛날 성질대로라면 그런 손님들을 향해 당장 내리라고 큰소리를 치겠지만 자식이 줄줄이 달린 아빠는 그럴 수 없었다. 아빠는 전라도 이리의 '핵인싸'라는 자부심을 버리고 점점 무기력해져가는 자신을 발견하지 않았을까? 어쩌면 아빠는 살아 있다고 느끼기 위해 끊임없이 자랑거리를 만들어낸 건지도 모르겠다.

2018년 7월, 희귀 암 판정을 받은 후 아빠는 19시간의 길고 위험한 수술을 받았다. 수술이 끝나고 중환자실로 옮겨진 아빠는 의식이 돌아오자마자 간호사에게 가장 먼저 이런 말을 했다.

- 우리 막내딸, 소설가.

그마저도 목소리가 나오지 않아 간호사의 손바닥에 아빠가 힘겹게 쓴 손가락 글씨였다. 나는 그걸 간호사에게서 전해 듣자마자 울컥하는 심정이 되었다. 겨우 정신을 차린 아빠는 침대에 누워 눈만 감았다 떴다 했는데, 당신도 마음이 울컥했는지 눈물 한 줄기가 흘러내리는 것이 보였다. 나는 얼른 티슈로 그걸 닦아냈다. 아빠는 워낙 깔끔한 성격이라 눈물 자국이 남는 걸 견디지 못하는 사람이었기 때문이다.

중환자실에서 아빠가 일반 병실로 옮겨졌을 때, 나는 이런 생각이 들었다. 이제 다시는 아빠의 허영을 보기 힘들겠구나, 라는 생각이었다. 병실에서 한밤중에 눈을 떴을 때 아빠의 심장 근처에 귀를 가져다 대고 가만히 들으면 아빠가 살아 있다는 것이 소리를 통해 느껴졌다. 그리고 한 달여 시간이 지난 후, 아빠는 무사히 퇴원했다. 그날 우리 가족은 다신 못 볼 줄 알았던 아빠의 허영을 다시 마주했다.

- 몸이 좀 낫거든 깃털이 달린 중절모 하나를 사야겠다.
- 중절모요?
- 이제 병원 자주 오가야 할 텐데 환자가 너무 추레하면 쓰겠니?

엄마는 발끈하며 "아직 덜 아픈 모양이네"라고 눈을 흘겼다. 반면 오빠와 언니, 그리고 나는 너무 기뻐서 눈물이 날 것 같았다. 팔이 안으로 굽는 것인지 모르겠지만 나는 허영의 쓸모를 인정하는 사람이다. 아프면서도 폼과 품위를 생각하는 아빠의 허영이 나는 진심으로 좋다. 결론적으로 점점 기력이 쇠한 아빠는 백화점에 가지 못해 중절모를 사지 못했다. 지금도 가끔 백화점 잡화 코너를 지날 때면 깃털이 달린 멋스러운 중절모가 눈에 띈다. 살 수 없는 그 중절모는 볼 때마다 너무 근사해서 눈물이 날 것만 같다.

아버지가
싫어서

얼마 전 SNS에서 아빠와 딸이 등장하는 짧은 동영상을 본 적이 있다. 겨우 돌이 지났을까 말까 한 아기를 안은 젊은 엄마가 남편을 기다리는 상황이었다. 멀리서 다가오는 아빠를 보자 무표정하던 아기가 신이 나서 비명을 지르는 영상이었다. 또 다른 동영상 속의 아기도 현관에 들어서는 아빠를 보자마자 빙글빙글 돌며 춤을 추고 있었다. 영상 속 아기들이 너무 깜찍한 데다 아빠들의 반응도 감동적이라 나는 같은 장면을 여러 번 돌려 보기도 했다. 아버지들의 전성기는 그런 때가 아닐까.

아무리 세상이 변해도 사람 사는 건 예전이나 지금이나 달라진 게 없다. TV는 거의 시청하지 않고 SNS로 영상을 보는 게 익숙한 요즘이지만 가끔은 엄마와 나란히 앉아 TV를 볼 때가 있다. 별다른 이유는 없다. 그냥 잠시나마 엄마가 좋아하는 프로그램을 함께 보려는 것이다. 물론 엄마가 즐겨 보는 프로그램은 나와 취향이 맞지 않는다. 특히 일일 드라마나 주말 드라마가 그렇다. 게다가 그런 류의 드라마를 볼 때 엄마는 TV 모니터 속으로 빨려 들어갈 것처럼 집중한다. 아무 때나 슬쩍 봐도 단 5분이면 전체 스토리가 짐작 가능한 빤한 내용이지만 그건 나이 든 엄마의 유일한 낙이다. 예전에는 "엄마는 저런 걸 대체 왜 봐?" 하며 마뜩지 않아했지만 요즘 우리 자매는 그냥 엄마와 나란히 앉아서 함께 드라마를 본다. 한번은 주말 드라마에서 어린 딸이 아빠에게 가지 말라고 소리치는 장면이 나왔다. 방금 전 일은 깜빡깜빡하는데 과거는 어쩜 그리 완벽하게 소환되는 건지, 그럴 때면 엄마는 아빠 이야기를 꺼낸다. 아빠와 산 세월이 지긋지긋하다면서도 엄마는 자기도 모르게 아빠 이야기를 하고 있다. 싫든 좋든 50년이나 함께 산 세월은 무시할 수 없나 보다.

　- 느이 아빠가 먼저 서울로 올라가고 한 달에 한 번 집에 내려올 때, 현정이가 아빠 가지 말라고 바지 끝자락을 잡고

매달렸지.

- 픕. 언니 진짜 그랬어?

- 몰라! 난 기억 안 나.

우리 가족이 서울로 올라오기 전이니 아마도 1970년대 초반이었던 것 같다. 아빠는 시골 생활을 청산할 결심을 하고 본격적으로 서울살이를 준비하기 시작했다. 그때 아빠에게는 젊은 아내와 네 살짜리 아들, 그리고 두 살짜리 딸이 있었다. 서울로의 이사를 준비하면서 아빠는 한 달에 한 번씩 집에 다녀갔는데, 돌이 지난 어린 딸은 신기하게도 단박에 아빠를 알아보았다. 하룻밤, 혹은 이틀 밤을 겨우 자고 아빠가 다시 서울로 가려고 주섬주섬 옷을 입기 시작하면 어린 딸은 벌써 아빠바지자락에 매달려서 "가지 말라"는 표현을 했다. 엄마 말로는 언니가 말이 늦어 매달리는 것 외에는 달리 표현할 줄 몰랐다고 한다. 엄마는 40년도 더 지난 이야기를 마치 엊그제 일처럼 생생하게 말했다. 생각할수록 애틋한 상황이다.

- 애가 눈에 밟혔는지 느이 아빠가 기차 타러 이리역까지 갔다가 결국 다시 돌아왔잖아. 하룻밤 더 자고 갔지 아마.

- 오! 너무 감동이다, 언니.

- 그러게…….

- 그때 아빠한테 왜 매달렸어?

- 몰라, 기억 안 난다니까.

거의 모든 딸들은 한때 아버지를 사랑했었다. 그런데 어쩌다 서로 소원해졌고 돌이킬 수 없이 멀어지고 말았다. 그건 우리 자매의 이야기만은 아닐 것이다.

한번은 동네 엄마들과 그에 대한 이야기를 나눈 적이 있다. 내가 독서모임이란 걸 만들어 활동했을 때다. 무슨 오지랖인지 10년 전 아이가 아직 유치원생이었을 때 나는 독서모임 한 그룹을 조성했다. 그 모임을 만든 이유는 단 하나였다. 그저 육아가 지겨워서. 덧붙이자면 육아를 하면서 알게 된 동네 엄마들과 시시콜콜 살림 이야기만 하는 건 어쩐지 시간이 아깝다는 생각도 들었다. 김치찌개에 두부를 넣니 안 넣니, 마늘을 몇 쪽을 넣니, 그런 주제를 두고 카페에서 한 시간씩 이야기를 나누는 것도 나는 너무 지루했다. 물론 그건 취향의 문제다. 그렇다면 이왕 남아도는 시간, 좀 더 건설적인 이야기를 나누면 좋겠다 싶어서 내가 먼저 독서모임에 대한 화두를 꺼내 놓았다. 5명 중 2명은 찬성이었고 2명은 반대 의견을 냈는데, 두 엄마가 밝힌 이유는 간단했다.

- A 엄마 : 난 책만 읽으면 졸린데……. 그런 걸 꼭 해야 해?
- B 엄마 : 그냥 맛집 탐방 모임 같은 걸 하면 안 될까?

결국 우여곡절 끝에 한 달은 너무 길고, 2주에 한 권씩 정해진 책을 읽고 서로 이야기를 나누기로 의견이 모아졌다. 첫 책은 모임의 사기진작을 위해 알랭 드 보통의 《인생학교 – 섹스편》이었고, 두 번째로 고른 책이 신경숙 작가의 《엄마를 부탁해》였다. 물론 5명 중 책을 읽지 않고 오는 참가자 2명이 존재했지만 어쨌든 참여율 100퍼센트의 독서모임인 것만은 분명했다. 두 번째 모임에서, 책을 읽었든 안 읽었든 우리는 어느새 각자의 엄마 이야기를 털어놓고 있었다. 그리고 자연스럽게 아버지 이야기가 따라 나왔다. 그날 나는 몹시 놀랐다. 나만 그런 것이 아니라 모두가 아버지에 대해 불편하면서도 묘한 감정을 품고 있었다.

딸들은 어쩌다 아빠를 불편하게 느끼게 된 걸까?

- 언제부턴가 아빠가 불편했어. 엄마 때문인 것 같아.
  우리 엄마는 아빠랑 결혼하면서부터 허리 한 번 못 펴고
  살았거든.
- 난 지금도 아빠와 사이가 좋지 않아. 회복하긴 힘들겠지?

- 어쩌면 난 아빠에게서 벗어나려고 결혼을 한 건 아닌가 하는 생각이 들어.
- 자기도 그래? 웬일, 나도 그런데.
- 그래서 아빠에게서 완전히 벗어나니 이제 행복해졌어?
- 아니! 차라리 아빠가 나았지 뭐야!

우리는 다 함께 크게 웃었는데, 웃음의 끝이 썩 유쾌하지만은 않았다. 용량 초과된 와사비가 듬뿍 들어간 초밥을 먹은 것처럼 어쩐지 코끝이 싸해졌기 때문이다. 나 역시 크게 다르지 않은 마음이었다. 다투는 일이 잦은 아빠와 엄마를 보면서 '저렇게 살지 말아야지' 하는 마음으로 결혼이란 걸 했지만, 이십여 년 혹은 삼십여 년의 짧은 경험으로 판단하기에 결혼이란 건 너무 복잡했다. 각자의 아버지에 대한 이런저런 이야기들이 오갔고 누군가는 살짝 눈물을 보이기도 했다. 지금이라도 아빠와 잘 지내보고 싶은데 막상 만나면 이상하게 그렇게 되지 않는다고도 했다. 그 대목에서 나도 모르게 눈물이 핑 돌았다. 결국 우리는 책을 덮고 멤버 두 명이 원하는 대로 맛있는 음식을 먹으러 가는 걸로 그날의 모임을 끝냈다. 아버지가 싫어서 결혼이란 걸 했는데, 다시 아버지가 그리워지기라도 한 걸까? 안 보면 죽을 것 같아서 결혼을 했는데 이젠 얼굴만 쳐다봐도 죽을 것 같다는, 그 결혼처럼 말이다. 그렇다면 미워하는 마음도 모두 사랑인 걸까?

　거의 모든 딸들은 한때 아빠를 보면 좋아서 박수를 치고, 빙글빙글 돌며 사랑을 표현했지만 어느 순간 그들과 소원해지고 말았다. 요즘 세대의 아빠와 딸들은 좀 다르더라. 우리 세대의 아빠와 딸들 이야기다. 요즘 친구들처럼 아빠랑 카페투어나 빵지순례도 하면서 추억을 많이 남겼으면 좋으련만 우리는 그러지 못했다. 그랬다면 훨씬 근사한 아빠 모습을 더 많이 기억할 수 있을 텐데 말이다.

　아빠들은 자신에게 있던 딸의 사랑이 다른 남자에게로 옮겨가는 것을 지켜봐야만 하는 슬픈 운명을 가진 사람들이다. 가히 가슴을 쥐어뜯기는 슬픔이 아닐 수 없다. 그때 아빠의 심정을 헤아리지 못한 나는 결국 지독한 사랑만 받고 보답은 하지도 못한 채 그를 보내고 말았다. 너무 늦었지만, 나는 이제야 아빠의 사랑에 눈을 뜬 모양이다.

2장
그는 알고 보니
참 멋있는 사람이었네

주 3일 근무,
워라밸의 선구자

내가 스무 살 무렵까지 가장 오래 살았던 집은 서울시 강북구 수유동에 위치한 단독주택이었다. 수유동을 간단히 설명하자면, 서울의 변두리 끝에 위치하고 있어 한때는 '수유리'라고 불리던 곳이다. 그런데 나는 수유리라는 시골스러운 발음이 싫어서 누군가에게 집의 위치를 설명할 때 늘 '수유동'이라는 지명의 '동'자에 힘을 주어서 또박또박 발음하곤 했다. 마치 나는 변두리가 아닌 곳에 산다고 말하려는 것처럼. 그런데 아무리 내가 '수유동'이라고 정확히 발음해도 사람들은 "아! 4.19탑이 있는 그 수유리요?"라고 찰떡같이 알아듣더라. 어쨌든 내 영혼의 생성소인 수유동은 서울 변두리의 정서가 물씬

풍기는 서민들의 동네였다.

수유리, 그러니까 정확히 수유동 442-54번지인 그 집은 〈응답하라 1988〉에 나오는 쌍문동과 인접한 동네라 드라마 속 골목과 참 비슷한 풍경을 가진 곳이다. 서울이지만 서울 같지 않은 곳, 북한산 자락 아래 위치한 동네라 큰길 하나만 건너면 곧장 등산로로 이어지는 구불구불한 산길이 나왔다. 그래서인지 어릴 때는 늘 산으로 들로 뛰어다니며 사내아이처럼 놀았다. 지금도 기억나는 것은 술래잡기를 할 때 내가 늘 숨는 곳이 거대한 묘지 아래였다는 것과 산에 가득한 아카시아 나무로 인해 5월의 봄날 밤이면 숲에서 풍겨오는 꽃향기가 온 동네를 가득 메워 정신을 못 차릴 정도였다는 것이다.

우리 집은 큰 도로 옆에 위치한 1층짜리 단독주택이었다. 세대 이야기를 하려는 건 아니지만 그 당시 시골이 아닌 도시에 살았다면 아마 대부분 단독주택에서 유년시절을 보냈을 것이다. 이후 80년대 생들은 단지 중앙에 놀이터가 있는 '아파트'에서 유년시절을 보내며 주산학원 같은 곳에 다녔다고 한다. 그에 반해 우리는 비슷한 단독주택들이 마주 보고 늘어선 좁은 골목에서 밤늦도록 고무줄 따위를 하며 뛰어노는 것이 정석이었다. 저녁때가 되면 어느 집에서나 밥 짓는 냄새가 풍겼고 누구야, 밥 먹어라! 외치는 소리가 들리면 헤어짐을 못내 아쉬워하며 일제히 밥을 먹으러 각자의 집으로 뛰어가곤 했다. 그래도 아쉬움이 남는 날엔 빛의 속도로 밥을 먹고 다시 뛰어나와 못다 한 고무줄놀이와 짬뽕, 오징어 등의 놀이를 했다. 드라마 〈응답하라 1988〉의 배우들처럼 둥그런 파마머리를 한 엄마들은 슬리퍼를 끌고 쫓아 나와 우리의 등짝을 스매싱하곤 했다.

그 즈음의 아빠 모습은 사실 그리 좋은 기억으로 남아 있지 않다. 전라도 깡시골에서 상경한 아빠는 처음엔 택시 석 대로 운수업을 시작했지만 오래가지 않아 사업을 접고 개인택시 한 대로만 영업을 이어가야 했다. 택시 면허가 남발되면서 서울시내 개인택시 차량이 포화 상태에 이르면서 경쟁률이 치열해졌기 때문이다.

물론 아빠가 다른 아버지들처럼 근면 성실한 유형의 사람이었다면 어려움은 어느 정도 극복되었을 것이다. 문제는 우리 아빠는 개미가 아닌 베짱이 유형의 사람이었다는 점이다. 아빠는 하루 8시간, 주 3일 또는 4일 근무를 실천하는 사람이었다. 그러니까 주 5일 근무가 일반화된 지금보다 무려 수십 년이나 앞서가는 삶이었던 셈이다. 아빠는 주 5일 이상 근무

하는 것이 인간의 몸에 얼마나 무리가 되며 삶의 질을 떨어뜨리는지 본능적으로 알고 있었다. 아침 식사를 마친 오전 9시, 느릿느릿 택시를 몰고 나간 아빠는 정확히 12시가 되면 집으로 돌아와 점심 식사를 했다. 게으르지만 영리한 사자 타입인 아빠에게 식후 낮잠은 너무나 당연한 일이었다. 아빠는 두어 시간 주무신 후 오후 4시쯤이 되어서야 다시 일을 나갔고 9시가 되기 전에 퇴근했다. 지금의 기준에서는 당연한 일이지만 그 시대 아버지들이 몸을 혹사해가며 밤낮없이 일하던 점을 감안하면 아빠는 조금 특이한 케이스인 건 분명하다. 그렇다고 아빠가 그들의 근면 성실함을 부러워하거나 탓한 것도 아니었다. 그는 오로지 자신의 페이스대로만 몸을 움직였다.

아빠는 남들이 하루에 10만 원을 벌더라도 자신은 3만 원만 벌면 충분하다고 생각하는 사람이었다. 지금 말로 하면 워라밸(Work and Life Balance), 일과 삶의 적절한 밸런스를 몸소 실천했다고나 할까? 워낙 일하는 날보다 쉬는 날이 많다 보니 우리 식구는 아빠의 개인택시를 타고 한탄강이나 강원도 경포대 등지로 소풍 나가는 날이 많았다. 자연스레 살림할 돈이 부족한 엄마는 틈틈이 헝겊 인형에 눈을 달거나 양말을 뒤집었다. 그 와중에도 철이 없는 나란 아이는 엄마가 일하는 양말

공장에 찾아가 떡볶이 값을 받아내서 놀러 다니느라 바빴다. 때론 나이키 신발이나 죠다쉬 청바지를 사주지 않는다고 엄마에게 심통을 부리기도 했다. 그러니 세월아 네월아 하며 돈을 열심히 벌지 않는 아빠가 엄마 눈에 곱게 보일 리 없었다. 1970년대 이후는 본격적인 산업화가 시작되면서 빈부격차가 차츰 벌어지던 시기였다. 누구네 집은 라면을 쌓아놓고 먹는다고 하고 누구네 집에는 참치 캔이 있는데 왜 우리는 정부미를 먹어야 하는 건지, 철없는 나로서는 점점 불만만 쌓여갔다.

아빠에 대한 미움이 절정에 다다른 것은 1997년, IMF로 통칭되는 국가 외환위기 때였다. 대다수의 중산층이 붕괴되는 그 시점에 우리 집이라고 해서 위험의 터널을 빠져나갈 도리는 없었다. 택시 운전이 지긋지긋했던 아빠는 조금이라도 폼(?) 나는 일을 찾아 나섰는데 이른바 건설 경기 붐과 함께 등장한 중장비 대여 사업이었다. 그마저도 아빠가 올라탄 시기는 호황의 끝자락이었다. 게다가 중장비라는 기계 자체가 워낙 금액이 크다 보니 리스로 구입하거나 서로 보증을 서는 구조로 이루어진 사업이었다. 유독 남을 잘 믿고 퍼주는 데 익숙한 아빠는 당연히 동업자들 차량의 보증서에 인감도장을 '폼나게' 꽉꽉 찍어주었다. 결국 IMF 사태가 터지면서 아빠가 보증 선 차량들이 연쇄부도를 맞았고 곧이어 우리 집은 소위 말하는 빨간 압류 딱지로 도배되기 시작했다. 푸른 공작이 수놓아진 안방의 자개장, 물소 가죽 소파, 가전제품에 이어 하다못해 문짝에까지 그 빨간색 딱지는 보란 듯이 철썩 붙어버렸다. 학교에서 돌아와서 목격한 그날의 풍경은 내게 마치 화산폭발 이후의 풍경처럼 처참하고 무력한 어떤 날로 기억되었다.

결국 IMF의 직격탄을 맞은 우리 집 식구들은 그날을 기점으로 뿔뿔이 흩어져 사는 시기를 꽤 오랜 시간 겪어야 했다. 그런 와중에도 쓸데없이 자존심이 강하고 남에게 아쉬운 소리 하는 걸 극도로 꺼리는 나는 가까운 친구들에게조차 우리 집이 명명백백히 망했음을 밝히지 않았다. 웬만한 일은 내색하지 않고 참는 것이 우리 집 분위기였기 때문이다. 물론 그 사태가 내게 견딜 수 없는 트라우마를 남긴 것은 아니다. 다만 그 일로 인해 나를 포함한 식구들의 머릿속에서 '아빠는 불성실한 사람, 무능한 사람'이라는 가치 평가가 내려졌다. 자연스레 아빠를 미워할 수 있는 조건이 맞아떨어지기 시작한 것이다. 사춘기 시절부터 아빠와 조금씩 멀어지기 시작했고, IMF 사태를 맞이하면서 그 거리와 공백은 한층 멀고 깊어졌다. 그렇게 아빠를 멀리한 시간이 20년 정도 이어졌다. 그 긴 공백의 시간은 대체 누구의 잘못이었을까? 아빠일까, 우리일까,

아니면 IMF라는 광기의 수레바퀴 속에 우리 가족이 흐트러졌을 뿐 누구의 잘못도 아닌 걸까.

시간이 많이 흘러 아빠는 80대가 되었고, 나는 당시의 아빠처럼 중년의 나이가 되었다. 팔은 안으로 굽는 건지, 아니면 내게도 한량의 피가 흐르는 건지 요즘은 열심히 산다는 것에 대해 좀 다른 생각이 들기도 한다. 하루 8시간, 주 3~4일 근무를 자처하며 자신이 파괴될 정도로 일하고 싶지 않았던 아빠가 '나빴다'고 말할 자격이 과연 자식에게 있는 것일까? 아빠라는 대상은 꼭 가족에게 무한 희생해야 마땅하며 죽도록 일하다 끽 소리도 못하고 사라질지라도, 그 의무를 다해야 한다고 말하는 자식은 또 얼마나 잔인한가. 우리가 태어난 이유가 일만 하다 죽으려는 것은 아닐 텐데.

재미 있는 사실은 나도 아빠를 닮아서 돈을 모으는 데는 큰 재능이 없다는 점이다. 물론 일은 열심히 한다. 그런데 많은 돈을 벌 수 있는 일보다 적게 벌더라도 내가 만족스러운 일을 하는 편이다. 내 가치를 추락시키면서까지 아득바득 벌어들이는 데는 재능이 없다. 조금 더 벌면 살림에도 보탬이 되고 아이에게 좋은 옷을 사주며 한 군데라도 더 학원을 보낼 수 있겠으나 나는 그런 것엔 별로 관심이 없다. 그러니 근근이 벌어서 겨우겨우 살아간다. 그마저도 품위 유지비로 나가는 돈이 더 많다. 아빠와 똑 닮은 꼴이다. 돌아보니 그런 내가 지금껏 아빠를 무능하다고 비난해왔다는 사실이 부끄러워진다. 아빠와 더 이상 대화할 수 없는 지금에 와서야 이런 생각이 드니 얼마나 미안한 일인가? 다시 한 번, 마주 앉아 눈을 맞추고 한 시간만 이야기할 수 있다면 아빠에게 이렇게 묻고 싶다.

아빠, 인생은 원래 뜻대로 안 되는 거죠?
그땐 미처 몰랐어요.
아빠도 사는 게 힘드셨죠?

식도락과 한량 유전자의
은밀한 역사

'대체 난 왜 이 모양인 걸까?'

살면서 여러 번 이런 질문들을 떠올린다. 외모 이야기가 아니라 아빠와 기막히게 닮은 성격, 그러니까 내 유전 이야기다. 좋게 에둘러 말할 수 있는 것도 굳이 직설적으로 표현하는 바람에 나는 사회생활을 하면서도 종종 애를 먹곤 했다. 무슨 독립운동을 하는 것도 아니면서 목에 칼이 들어와도 아닌 건 아니라고 말하고 마는데, 무 자르듯 잘라버리는 성격 탓에 돌이킬 수 없는 실수를 저지를 때도 종종 있었다. 다행인 건 내 성격은 무슨 일이든 마음에 오래 담아두는 편이 아니라는 점이다. 그렇지 않고서는 '난 왜 이 모양인가'를 자책하며 스스로를 몹시 괴롭혀왔을 테니까. 대신 마흔을 넘기면서부터는 아예 작정하고 이렇게 생겨먹은 나 자신을 그냥 인정하고 받아들이기로 했다. '타인에게 피해를 주지 않는 선에서 나 꼴리는 대로 살자'를 내 삶의 모토로 삼았기 때문이다. 그렇게 마음먹은 건 내가 통제할 수 없는 성격적인 부분을 인정하면서부터다. 달리 말하면 '유전자의 힘'을 인정하기로 한 것이다. 굳이 과학적인 지식을 들먹이지 않더라도 이미 우리는 옛말이 틀리지 않는다는 사실을 살아가며 자주 확인한다.

'콩 심은 데 콩 나고 팥 심은 데 팥 난다.'

그렇다, 하늘이 두 쪽 나도 콩 심은 데 팥이 나고 팥 심은 데 콩이 날 리는 없다. 얼룩송아지가 엄마 소를 닮고 고슴도치도 자기 새끼는 예쁘다고 하는 것처럼 말이다. 나는 운명론자는 아니지만 사실 모든 것은 어느 정도 결정되어 있다고 생각하는 편이다. 우리가 엄마 뱃속에서 수정될 때 부모로부터 물려받은 유전자는 화투판에서 손에 쥔 패와 다르지 않다고 생각하는 이유다. 우리가 할 수 있는 건 어쩌면 손에 쥐어진 패로 그저 최선의 게임에 임하는 것뿐인지도 모른다.

그러면 내 손에 쥐어진 패는 무엇일까? 첫 번째로 떠오르는 건 식성이다. 식도락가까지는 아니더라도 나는 맛있는 생활을 꽤나 중요하게 여기는 사람이다. 한번 식탁에 올랐던 재탕 반찬에는 웬만해선 젓가락 가는 일이 없던 아빠처럼 말이다. 그는 끊임없이 맛있는 음식을 떠올렸고 또 그것을 먹기 위해 실행에 옮기는 사람이었다. 건강한 위장을 가진 아빠에게 그것은 몹시 즐거운 일이 아닐 수 없었다. 세상에는 좋은 식재료와 조리법이 넘쳐났고 아빠에게는 세 끼 식사가 매일 설레고 즐거운 일이었으니까. 무슨 복인지 아빠의 아내, 그러니까 우리 엄마는 요리를 꽤 잘했다. 엄마는 질 좋은 식재료를 조금이라도 싸게 구입하기 위해 시장을 몇 바퀴씩 돌면서도 힘든 내색 한번 하지 않는 희생적인 아내였다. 대식가이자 식도락가인 남편을 감당하는 것이 엄마로서는 매우 벅찼지만 자식들 입에도 들어갈 생각을 하니 신바람이 났던 것이다. 오직 자기 자신만 생각하는 사람과 다른 사람 위하느라 자기 자신은 돌보지 않는 사람의 만남, GOD의 노래 〈어머님께〉처럼 엄마는 맛있는 것이 싫다고 하며 드시지 않았고, 아빠는 오늘은 뭐 맛있는 것이 없냐며 엄마를 부추겼다. 나의 아빠와 엄마는 이렇게나 극과 극으로 달랐다.

　요즘은 워낙 TV 먹방, 쿡방 프로그램이 대세라 엄마도 관심 있게 보곤 한다. 평생 자신이 먹는 것보다 남들 먹이는 걸 우선으로 여기며 살아온 엄마는 그런 프로그램을 볼 때도 "저

거 맛있겠네?"보다는 "저걸 나도 만들어 먹여야겠네?"가 먼저
나오는 사람이다. 아빠가 계셨다면 어땠을까? 아마도 친근함
과 호기심이 넘치는 표정으로 "음! 저거 참 맛있겠구나!"라고
말씀하시지 않을까? 식성만큼은 엄마보다 아빠의 유전자를
물려받은 나로서는 먹는 것에 대한 욕망이 별로 없거나, 맛있
는 음식을 앞에 두고도 건성건성 깨작깨작 하는 사람을 오히
려 대하기 힘들다.

　내 손에 주어진 또 다른 패는 노는 유전자다. 아빠는 돈을
버는 것만큼 노는 것이 중요한 사람이었다. 택시 운전을 할 때
도 겨우 이틀 일하고 몸져눕는 아빠는 휴일만 되면 다시 살아
나 택시를 몰고 어디로든 우리를 데리고 나갔다. 1985년 63빌
딩이 완공되어 개장하는 날, 우리 가족은 한달음에 여의도로
달려가 아이맥스 영화를 봤다. 〈천공을 날아라(To Fly)〉라는 영
화였던 걸로 기억하는데 거대한 풍선 기구를 타고 날아가는
영상이 나올 때면 극장 좌석이 좌우로 흔들렸다. 어린 나는 어
둠속에서 비명을 지르면서도 낯선 경험이 싫지 않았다. 우리
가족은 88서울올림픽이 열릴 땐 경기장으로 달려가 스포츠를
관람했고, 여름이면 계곡이나 바닷가로 달려가 뙤약볕에서 피
부가 벗겨질 때까지 놀았다. 새로운 것을 경험하고 노는 데 진

심이었던 아빠 덕에 우리 삼 남매의 일상은 지루해본 적이 없다. 그런데 놀라운 것은 지금의 내 삶이 딱 그렇다는 것이다. 일은 하지만 돈을 차곡차곡 모으는 데 별로 관심이 없고, 늘 '뭘 하고 놀아야 재밌게 놀지'를 진지하게 고민한다. 가끔은 일을 너무 열심히 해서 통장에 잔고가 늘어나면 오히려 불안하기까지 하다. 통장이란 모름지기 좀 간당간당한 맛이 있어야 하지 않을까?

그렇다, 내가 일을 하고 돈을 버는 이유는 단 한 가지. 잘 놀기 위함이다. 오늘 놀면서도 머릿속으로는 다음에 놀러 갈 것을 떠올리는 삶. 사회는《이솝우화》의 개미처럼 '근면 성실'만이 정답이라고 말한다. 하지만 솔직히 개미처럼 산다고 해도 편한 날은 찾아오지 않는다는 걸 우리는 이미 잘 알고 있다. 나아지는 것도 없이 하루하루 노력만 하라고 하는 건 고문이다. 개미의 근면 성실함이 옳으려면 다양한 기회가 열린 사회적 시스템과 안정성이 필요하다. 어제보다 오늘이 낫고, 오늘보다 내일이 나을 거라는 희망 말이다. 그게 아니라면 나는 기꺼이 베짱이로 살아도 된다고 말하고 싶다. 무엇보다 내 삶은 소중하니까. '콩 심은 데 콩 나고, 팥 심은 데 팥 나는 것'은 진리다. 고로 나는 기꺼이 아빠처럼 제대로 잘 먹고 잘 놀면서

이 정도의 만족으로 살아가고 싶다. 개미처럼 근면 성실한 엄마에게는 미안한 일이지만 안타깝게도 어느 정도 결정된 일이다. 식도락과 한량 유전자, 이것이 은밀한 유전의 역사가 아니면 무어라 말할 수 있을까.

88 서울올림픽,
그리고 칼 루이스의 사인

　모처럼 일이 없던 주말, 빗소리를 들으며 누워 있는데 후배 작가에게서 문자 한 통이 왔다. 5, 6년 전 EBS 〈하나뿐인 지구〉라는 프로그램에서 함께 일했던 막내 작가였다. 까만 눈을 또르르 굴리며 작가가 되겠다고 말하던 그 친구는 이제 모 프로그램의 메인작가가 된 지 오래였다. 내게는 항상 귀여운 막 냇동생 같은 후배가 연락을 해온 것은 그녀의 깜짝 결혼 소식 때문이었다. 온라인 청첩장에 담긴 커플의 모습은 드라마의 한 장면처럼 예뻤다. 다만 안타까운 점은 시국이 이러하기에 그 예쁜 커플의 결혼식에 내가 참석할 수 있을지 장담할 수 없다는 것이었다. 나는 꼭 참석하겠다는 말은 삼갔다. 지키지도 못할 약속을 하고 싶지 않았기 때문이다. 팬데믹 시대에 온 갖 사람들이 다 모여 진심인지 아닌지도 모를 축하를 건네는 것이 썩 좋다고 여기는 편도 아니다. 그래서 가능하면 참석하 도록 해볼게, 정도의 말만 남기고 선물을 폭풍 검색하기 시작 했다. 아니나 다를까, 한참의 인터넷 서핑 끝에 이런저런 잡다 한 것들을 잔뜩 사들이고 말았다.

평소 물건을 많이 사는 편은 아닌데 아주 가끔은 똑같은 물 건을 여러 개 사들일 때가 있다. 대부분은 그 물건에 꽂혔을 때다. 이번에도 그랬다. 그날 주문한 쇼핑 목록 중 후배에게 보낼 선물은 두 가지뿐, 기타 잡다한 것들은 대부분 레트로 문 양의 유리컵들이었다. 굳이 변명하자면 유리컵은 요즘 들어 입버릇처럼 말하는 내가 '나에게 주는 선물'이라고 보면 되겠 다. 그중에서도 유독 내 마음을 훔친 유리컵은 88올림픽 로고 가 새겨진 빈티지 스타일의 주스 컵이었다. 나는 아무래도 옛 날 사람이 되어버린 것이 틀림없다. 왜 그런지 88올림픽 로고 만 봐도 마음이 말랑말랑해지면서 특별한 기분이 되기 때문 이다. 누군가 내게 "1988년에 당신에게는 무슨 일이 있었습니 까?"라고 묻는다면 아마도 나는 이렇게 대답할 것 같다.

- 아! 88서울올림픽이요? 저는 칼 루이스와 악수를 했거든요!

아빠는 서울올림픽이 시작되기 몇 달 전부터 몹시 들뜬 사람처럼 보였다. 택시 영업을 마치고 집에 들어오는 대로 TV부터 켰고 올림픽 개최 준비 소식을 꼼꼼히 챙겼다. 그깟 올림픽이 무슨 대수냐고 하겠지만 그건 우리가 아버지 세대의 삶에 무지하기 때문이다. 시골 출신인 그들은 청운의 꿈을 안고 '눈 감으면 코 베어간다'는 서울로 올라와 꾸역꾸역 일상을 이어가던 소시민들이었다. 서울은 화려한 만큼 현실이 녹록지 않았다. 고향과는 달리 별 하나 찾아볼 수 없는 서울 하늘처럼 그들의 앞날도 불투명했지만 그저 서울에 산다는 자부심 하나로 빡빡한 삶을 이어가던 그들이었다. 고향으로 쉽게 돌아갈 수도 없고, 그렇다고 이곳에도 완전히 마음을 두지 못한 사람들. 산업화와 정치적 혼란 속에서 그럼에도 자신이 발붙이고 살아가는 이곳이 올림픽 개최지가 된다는 사실에 그들은 무척이나 자랑스러웠던 것 같다. 더구나 아빠가 누구인가? 신문물이라면 자다가도 눈을 번쩍 뜨는 사람이 아니던가?

88서울올림픽은 그야말로 전 국민의 관심이 집중된 행사였다. 86아시안게임과 88올림픽의 서울 유치가 차례로 확정되면서 정부는 산업화, 도시화에 국가적 역량을 집중시키고자 했고 실제로도 그러했다. 올림픽 개최지가 결정되던 순간,

IOC 위원장이 외쳤던 "쎄울, 꼬레아!"라는 문장은 당시 서울 시민들의 뇌리에 깊이 박혀버렸고, 택시 드라이버였던 아빠의 가슴에도 자부심이 되어 꽂혔다.

서울시민. 그렇다. 어느 날, 택시 영업을 일찌감치 마치고 돌아온 아빠는 가족들을 불러 앉히곤 이렇게 말했다.

- 곧 올림픽이 시작되지 않니?
  서울시민이라면 관심을 가져야지. 우리 가족도 관람을 가
  자꾸나!

다섯 명의 가족이 함께 움직인다는 건 복잡한 일이다. 엄마 는 비용 걱정으로, 우리는 또 나름대로의 이유로 마뜩찮은 표 정을 지으며 동시에 이렇게 외쳤다.

- 올림픽을 보러 간다고요?

며칠 후 아빠가 우리들 앞에 내민 것은 올림픽 경기 관람권 다섯 장이었다. 인기 종목의 티켓은 구할 수도 없고 가격도 만 만치 않았는지 아빠가 구해온 것은 '수구'라는 비인기 종목의 티켓이었다. 수구가 뭐하는 건지 모르겠다는 표정의 우리 가

115

족들에게 아빠는 이렇게 말했던 것 같다.

- 아무려면 어떠니? 그래도 올림픽인데!

우리는 포기 반, 설렘 반인 복잡한 마음을 가지고 수구 경기장으로 향했다. 아빠는 택시 영업을 하루 쉬었고 엄마는 그것이 내심 못마땅했을 것이며 그런 부부의 싸늘함을 감지한 우리 남매는 몹시 불편한 마음으로 올림픽 주경기장으로 향했다. 아니나 다를까, 예상대로 수구 경기는 무척이나 지루했다. '이게 뭐야?' 싶은 마음이 들면서 어서 집으로 돌아가고 싶다는 생각만 들었다. 그렇게 기대와는 다른 시간을 보내고 경기장을 나서는데 한 무리의 사람들이 몰려드는 것이 보였다. 그리고 누군가 이렇게 외쳤다.

- 저기야, 저기! 칼 루이스가 왔대!

당대 최고의 육상 스타였던 '칼 루이스'는 모르는 사람이 없을 정도였지만 아직 초등학생이던 나는 그를 알지 못했다. 세기의 대결인 칼 루이스와 벤 존슨의 빅 매치가 며칠 앞으로 다가온 것도 나와는 별로 상관없는 일이었기 때문이다. 다만

엄청나게 키가 크고 거대한 체구의 칼 루이스를 향해 사람들이 우르르 몰려갈 때, 왜 그런지 나는 본능적으로 뛰어야겠다는 생각을 했다. 그리고 잠시 후, 그 혼잡한 인파 속 끄트머리에 서서 칼 루이스를 향해 힘껏 손을 흔들었다. 다행히 육상경기 날이 아니라 주변에는 기자들이 없었다. 지금 기준으로는 보안 등의 문제가 불거질 수도 있었을 테지만 당시는 약간 두루뭉술한 것이 통하던 1980년대가 아니던가.

그렇게 우왕좌왕 사람들이 모여들자 칼 루이스는 뭔가 결심한 듯 무리의 맨 뒤에 있던 나를 손가락으로 지목했다. 동시에 사람들의 시선이 한꺼번에 나에게 쏠리고 말았다. 그는 돌연 펜을 꺼내더니 가지고 있던 엽서에 쓱 사인을 하는 것이 아닌가. 아마도 모두에게 해줄 순 없으니 무리 중 가장 어린아이에게 사인을 해주겠다는 뜻인 듯했다. 나는 얼떨결에 앞으로 떠밀려나가 무리의 사람들을 대표해서 칼 루이스가 건넨 사인을 받았다. 벌써 30년도 훌쩍 지난 일이지만 지금도 허리를 굽혀 사인을 하던 거대한 체구와 사인이 담긴 엽서를 건네던 검은 손이 생생하게 기억이 난다. 손등은 무척이나 까만 반면, 생각보다 하얀 손바닥이 나로서는 무척이나 생소했다. 왜냐하면 그는 열두 살 내 인생에서 처음 본 외국 사람이었기 때문이다. 나는 조심스레 손을 내밀어 그와 악수를 했고 사인

본 엽서를 받았다. 사십여 년 인생을 통틀어 그날은 내게 잊을 수 없는 하루로 남아 있다.

어느 책 제목처럼 지금 알고 있는 걸 그때도 알았더라면, 하고 느낄 때가 가끔 있다. 아빠가 살아계실 때는 이해하지 못했던 것들에 조금씩 고개가 끄덕여질 때가 그러하다. 아빠는 넉넉한 형편이 아님에도 88서울올림픽 경기 티켓을 구했고 63빌딩이 개장했을 때는 아이맥스 영화관으로 우리를 데려갔으며 일을 쉬는 날이면 한탄강으로 물놀이를 떠나곤 했다. 그래서인지 내 어린 시절의 기억은 오로지 잘 놀고 잘 먹었던 기억뿐이다. 아빠는 부단히 새로운 일을 기획했고 노는 걸 주도했는데, 집을 떠나 어딘가로 모험을 떠날 때 느끼는 해방감이 어떤 건지 내게 가르쳐주었다. 엄마는 동의하지 않겠지만 어쩌면 좋은 부모란 많은 재산을 물려주는 사람이 아닌 풍성한 추억을 물려주는 사람이 아닐까? 세월이 제법 흘렀을 때 당시의 추억으로 입가에 미소가 번진다면, 그들은 좋은 부모임에 틀림없다.

그나저나 가끔은 몹시도 궁금하다. 칼 루이스는 지금 어떤 모습으로 살고 있을까?

씨름에 진심인
어느 가족

내 기억으론 80년대 후반과 90년대는 씨름의 시대였다. 씨름은 명실상부한 한국을 대표하는 전통 스포츠였고 실제로 이만기, 이봉걸, 이준희 등 당대 씨름 스타를 탄생시킨 인기 스포츠였다. 물론 모든 집에서 씨름대회를 즐겼을 거라고는 생각하지 않는다. 집집마다 다른 생활 형편과 취향 등이 있는 거니까. 다만 우리 가족은 씨름을 큰 오락으로 삼았으며 몹시 열광했던 편이다.

1960년대 전라도 익산 지역에 난장(비정기적인 특수한 형태의 장)이 열리면 씨름대회의 상금으로 걸린 소란 소는 다 휩쓴 사람이 아빠였기 때문이다. 성격이 불같아서 큰 소리로 화를 내거나 고압적이던 아빠가 가끔은 껄껄대며 웃을 때가 있었는데 가만 떠올려보면 TV에서 천하장사 씨름대회가 열리던 날이었다. 한때 씨름왕이었던 아빠는 서울로 상경한 후 씨름 샅바 대신 운전대를 잡아야 했으니까. 자신의 전성기 시절의 모래판을 잊지 못한 건지 아빠는 천하장사 씨름대회가 열리는 날이면 택시 영업을 일찌감치 접고 들어와 TV 앞에 앉았다. 아빠를 필두로 둥그런 상에 모여 앉은 우리 가족은 엄마가 준비해주는 그날의 간식을 주섬주섬 주워 먹으며 손에 땀을 쥐고 씨름 경기를 관람했다. 안다리 걸기, 바깥다리 걸기, 뒤집기나 배치기에 대한 기술 설명은 아빠 몫이었다. 타고나기를 약한 심장 탓에 씨름부를 탈퇴하긴 했지만 열세 살까지 씨름부원 생활을 했던 오빠까지, 우리 가족은 모두 씨름에 진심이었다.

1987년으로 기억되는 어느 날에도 천하장사 씨름대회가 열렸다. 당대 최대의 라이벌이던 이만기(현대중공업)와 이봉걸(럭키금성)의 맞대결로 개최 전부터 화제가 된 경기였다. 당시 정치판에 '3金'이 있었다면 모래판에는 '3李'가 있었다. '3李'의 선봉장은 단연코 이만기였다. 그는 천하장사 대회에서 무려 일곱 차례나 장사를 차지하며 모래판의 황제로 불리지 않았던가. 그런데 이만기 독주시대에 또 한 명의 장사가 등장했다. '인간 기중기'라는 별명으로 통하던 205센티미터의 거구, 이봉걸 선수였다. 어디 그뿐인가. '모래판의 신사' 이준희도 있었다. 내가 이만기 선수를 응원할 때 언니는 이준희 선수를 응원했다. 사람은 자기 닮은 대상에게 끌린다더니 말 없고 조용하기로 둘째가라면 서러워할 언니는 이준희 선수를 좋아했다. 이러나저러나 이봉걸을 응원하는 사람은 우리 집에 없었다. 아무튼 우리 집 식구들은 모래판의 물고 물리는 치열한 경기에서 각기 다른 선수를 응원하며 씨름에 푹 빠져 있었다.

그날도 우리 가족은 TV 앞에 둘러앉아 씨름 경기를 시청했다. 딱히 공부에 관심이 없던 나랑 오빠는 뭔가를 우걱우걱 먹으면서 경기를 지켜봤고 공부깨나 하던 언니는 공부를 놓을 수 없었던지 작은 상을 펴놓고 문제집을 푸는 중간중간 TV를 봤다. 이만기는 다양한 기술을 앞세워 건재를 과시했지만 이봉걸 역시 예전의 그가 아니었다. 이봉걸은 시종일관 자신감이 넘쳐 보였다. 거대한 키도 한몫했을 것이다. 그렇다고 호락호락 물러날 이만기도 아니어서 두 선수는 팽팽한 기싸움을 했다. 평소엔 하지 않던 샅바싸움까지 하는 이만기도 꽤나 초조한 듯 보였다. 첫판을 이만기가 내주자 상황은 점점 더 긴박

하게 돌아갔다. TV 앞에 모로 누워 있던 나는 벌떡 몸을 일으켰다. 언니는 애써 화면을 외면한 채 공부에 집중하려는 듯 했지만 그다지 집중이 되지 않는 건 분명해 보였다. 학기말 고사가 코앞인 우등생도 피할 수 없는 씨름의 매력, 그 경기가 그렇다. 살들의 끈적임과 기합 소리가 자꾸만 귀를 유혹하니 도무지 눈을 뗄 수가 없는 일이다. 바로 그때였다.

– 아유! 세상에. 저걸 어째!

부지런히 식구들 먹을거리를 가져다 나르던 엄마의 야유 섞인 목소리가 들려왔다. 이만기 장사의 기술에 이봉걸 장사가 휘청하며 균형을 잃고 만 것이다.

– 넘어간다, 넘어가. 이봉걸이 넘어가!

아빠는 양손을 맞장구치는 것도 모자라서 주먹을 불끈 쥐고 벌떡 일어났다. 엄마의 탄성과 절규가 극에 달하는 순간, 200센티미터가 넘는 거구인 이봉걸 장사가 순식간에 뒤로 넘어갔다.

그때였다. "악! 엄마, 나 어떡해!" 공부하던 언니가 낯선 비명을 내질렀다. 공부하던 손에 쥔 연필이 그만 그녀의 목울대를 푹 찌르고 만 것이다. 흑심이 박힌 살갗 위로 붉은 피가 맺힌 것이 보였다. 세상 차분하고 조용한 성격의 언니로서도 가만히 앉아서는 볼 수 없는 명장면이었나 보다. "너, 괜찮아?" 하며 엄마는 망설임 없이 언니 목에 꽂힌 연필을 쓱 잡아 뽑았다.

이만기 장사가 이겼다는 안도감이 드는 한편, 허무하게 넘어간 이봉걸 장사가 어쩐지 짠하게 느껴지는 순간이었다. 왜 그런지 모르지만 가슴이 먹먹해지면서 눈물까지 났는데 화면 속의 이봉걸 장사는 태연하게 웃고 있었다. 모래 가루들로 범벅이 된 채, 하얀 이를 드러내며 속도 없이 착한 표정으로. 〈천하장사 만만세〉라는 신명나는 노래가 시작되고 색색의 꽃종이들이 흩날렸다. 꽹과리 소리가 커질수록 가슴이 두근두근해서 견딜 수 없었다. 그러나 그날 이후 나는 더 이상 씨름을 보고 싶지 않아졌다. 그리고 차츰 씨름보다 재미있는 것들, 이를테면 친구들이랑 쏘다니는 것에 더 흥미를 느끼면서 자연스럽게 씨름과 멀어져 갔다. 1988년의 어느 날, 몹시 긴박하고 심장 쫄깃했던 그 경기가 나에게는 조금 버거웠나 보다.

씨름의 부활을 꿈꾸며 예능 프로그램에 잠시 등장하기도 했지만 여전히 씨름은 비인기 종목이다. 유튜브 등 볼 게 넘쳐

나는 시대에 사람들은 굳이 씨름 경기를 찾아서 보지 않는다. 그러나 한때는 공중파 뉴스에서 짤막한 스포츠 단신들이 소개될 때 씨름이 빠지지 않았다.

- 아유, 세상에! 저 몸집 좀 봐라!

청홍색의 씨름 팬티를 입은 거대한 선수들이 TV 화면을 가득 메우면 사람들은 손에 땀을 쥐고 그들의 경기를 지켜봤었다. 아빠에 대해서라면 별로 좋은 이야기를 하지 않는 엄마지만 간혹 씨름 이야기할 때면 눈빛이 반짝일 때가 있다.

- 느이 아빠가 힘 하나는 장사였지.
  인근 마을에서 당해낼 사람이 없었으니까.

씨름대회에 나가서 황소를 타고 돌아오던 아빠의 모습은 엄마의 삶에서 유일하게 남은 좋은 기억인 것일까? 물론 황소를 끌고 오던 아빠는 읍내에서 바로 집으로 오는 경우도 없었다. 씨름판만이 판이 아니라는 것을 알아차린 그는 늘 새로운 판으로 눈을 돌렸기 때문이다. 씨름처럼 힘을 쓰지 않아도 돈을 벌 수 있다는 것은 귀가 얇은 아빠에겐 거부할 수 없는 유혹이었을 것이다. 그날 씨름판에서 노름판으로 방향을 틀지 않았다면, 아빠는 전국 씨름왕이 되었을까? 솔직히 잘 모르겠다. 아빠는 평범한 우리들 기준으로는 늘 좀처럼 이해할 수 없는 사람이었으니까.

아빠는 인생이 뜻대로 되지 않는다며 자주 괴로워하셨다. 하지만 우리 가족이 씨름에 진심이던 그 시절의 아빠 나이가 되고 보니, 인생이란 원래 그렇다는 걸 이제 조금은 알 것 같다. 그리고 설령 아무것도 이루지 못하면 또 어떤가? 우리에게는 함께 손에 땀을 쥐고 씨름경기를 보는 시간들, 삶은 달걀을 호호 불며 까먹고, 울고 웃던 시간들이 있지 않았나. 유행가 가사 같지만 '그건 모두 다 사랑'이었다. 때론 미워하고 진절머리를 치고 다시 일상을 이어가던 질척한 그 시간들은 모두가 사랑이었다.

나에게는 건달의 피가
흐른다

지금보다 철은 좀 더 없고 에너지는 넘치던 몇 년 전, 아이 유치원 친구 엄마인 Y와 나는 맛집이라면 어디든 찾아갈 기세로 쏘다닌 적이 있다. 한번은 굳이 한강 다리까지 건너 빵과 커피를 먹으러 가던 길이었다. 지금처럼 SNS 정보가 넘치던 시절도 아니었는데 그녀나 나나 둘 다 그런 데는 정보가 빠삭했다. 그렇다고 거하게 고기를 먹으러 가거나 화려한 음식을 먹으러 가는 것도 아니었다. Y와 내가 꽂힌 것은 오로지 빵과 커피였다. 나는 그것이 우아하게 사는 길이라고 확신했다. 아직은 서른다섯이었고 아이들이 어려서 육아 스트레스를 대체할 뭔가 확실하고 소소한 행복이 필요했기 때문이다. 어느 봄날, 서울에서 빵이 제일 맛있기로 소문난 곳을 찾아낸 우리는 만나자마자 차를 몰고 한달음에 달려갔다. 한강을 건너다가 길을 잘못 들어 잠시 우회를 했고 둘 다 자기가 옳다고 우기며 길을 꺾다가 싸움 비슷한 걸 하기도 했다. 아마도 그 순간, 그녀와 내 머릿속에는 단 한 가지 생각뿐이었을 거다.

　- 아! 어서 도착해서 그렇게나 맛있다는 빵과 커피를 맛보
　　고 싶다!

아니나 다를까, 매장에 진열된 빵들은 확실히 고급스러웠고 갓 내린 커피는 두말할 것도 없이 향긋했다. 그릇 좀 사본 사람은 누구나 알 만한 접시에 담긴 빵과 커피를 마시며 우리는 마치 프랑스 고급 카페에라도 와 있는 듯 붕 뜬 기분이 들었다. 시간이 얼마나 흘렀는지 어느새 아이들이 유치원에서 돌아올 시간이 가까워졌다. 확인해보니 Y와 내가 그곳에서 보낸 시간은 고작 1시간 남짓이었다. 나는 의기양양하게 먼저 일어나 카운터로 갔다. 가정주부인 그녀보다 프리랜서이긴 하지만 돈 버는 사람이 쓰는 게 낫다고 판단했기 때문이다. 잠시 후, 친절해 보이는 점원이 상냥하게 말했다.

- 오만 팔천 원입니다.
- 네? 저희는 커피 두 잔과 빵 두 개, 조각 케이크 하나밖에
  안 먹었는데요?
- 네, 맞습니다.
- …….

그러니까 서울에서 가장 맛있는 빵과 커피 두어 잔을 한 시
간 동안 먹었을 뿐인데 순식간에 6만 원 돈이 나가게 된 셈이
었다. 나는 살짝 머리가 핑 돌았지만 이내 그 정도는 개의치
않는다는 표정을 하고 카드를 내밀었다. 그러고는 조금 낮은
목소리로 덧붙였다.

- 저, 3개월로 해주세요.

계산을 마치고 밖으로 나오니 Y가 먼저 차를 빼고 저만치
서 기다리고 있었다. 그녀가 나를 향해 경쾌한 목소리로 물어
왔다.

- 거기 꽤 비싸지? 내가 살 걸 그랬다.
- 아냐. 그까짓 빵값, 돈 벌어 뭐해? 내가 얼마든지 쏜다!

- 아유! 돈 버는 워킹맘은 뭐가 달라도 다르다니까!

Y가 기분 좋게 콧노래를 부르며 시동을 걸었다. 방금 전 그녀에게 큰소리 뻥뻥 치던 내 모습에서 나는 얼핏 아빠의 모습을 보았다. 전라북도 이리에서 주먹으로 가장 유명했던 아빠는 돈이 생기면 곧장 집으로 가져오는 일이 없었다. 아빠가 가장 먼저 한 일은 주먹계 동생들을 다방으로 데려가 도라지 위스키 한 잔씩을 돌리는 일이었다고 한다. 새댁이던 엄마는 어떻게 그럴 수가 있느냐고 하소연했지만 아빠가 뒤돌아보며 남긴 말은 코믹하면서도 몹시 비장했다.

- 건달은 그렇게 사는 거 아니야!
독에 쌀이 떨어져도 고기 먹은 사람처럼 이쑤시개를 물고 다녀야 하지.

그것은 아빠의 건달 철학이었다. 모 영화 속의 대사처럼 "우리가 돈이 없지 가오(폼)가 없냐"라는 것과도 같은 맥락의 말이다. 또 다른 말로는 '폼생폼사', 그러니까 겉으로 드러나는 멋을 최우선 순위로 두는 삶의 태도라고도 할 수 있겠다. 그런 생활 방식이나 태도로 인해 고생만 하는 엄마를 지켜봐온 나로서는 아빠를 좋게 볼 수 없었던 것이 사실이다. 그런데 서른 중반을 넘기고 마흔이 넘어갈 무렵부터 내 모습에서 아빠가 보였다. 나는 종종 힘들게 번 돈을 쉽게 썼고, 때론 흥청망청 써대는 탕진의 아이콘이 되어가는 기분이 들 때도 있다. 아무래도 내 몸속에도 건달의 피가 흐르는 것이 분명하다. 어떤 사람들은 방송 작가라고 하면 돈을 쉽게, 혹은 많이 번다고 생각한다. 하지만 드라마 작가도 아니고 예능 작가도 아닌 다큐멘터리 작가의 돈벌이는 실제로 그렇지 않다. '방송 작가로 1억 벌기'에 관한 책을 쓴 후배도 있지만 나는 그것이 100퍼센트 사실은 아닐 거라고 생각한다. 물론 1억을 벌 수도 있다. 하지만 이 일을 하면서 1억을 벌려면 몸과 마음이 부서져야 하고 위장이 뒤틀려야 하며, 아마도 막내 작가나 팀원들에게 시도 때도 없이 일을 떠넘겨야 할 것이다. 그만큼 다큐멘터리 작가로 큰돈을 번다는 것은 거의 불가능한 일이다. 다큐 작업이 보통은 몇 개월에서 1년 가까이 걸리기도 하는 일이라 계산해보면 최저임금에 미치지 못할 때도 많다. 그럼에도 내가 이 일을 계속하는 이유는 간단하다. 나의 일이 있다는 것, 누구의 간섭도 받지 않는다는 것, 그리고 내 한 몸 간수할 정도의 벌이는 된다는 점이다. 물론 그 돈의 일부를 나는 늘 빵과 커피를 먹고 마시는 데 쓴다. 스트레스 받는 일이 많지만 나는 담배를 피우지 않고 술을 즐기는 것도 아니며 명품을 사는 일은 더더욱 없다. 그저 일상에서 수시로 자주 행복한 세계를 맛보는 것이 좋을 뿐이다.

이런 세상을, 가끔은 너무나 견디기 힘든 이런 세상을 살아가려면 아름답고 우아한, 혹은 허영이 가득한 건달과 한량의 정신이 필요한 것 아닐까? 통장의 잔고는 늘 아슬아슬하지만 나는 조금도 이 호사스러운 건달 생활을 청산할 마음이 없다. 엄마가 알면 까무러치겠지만 나는 아빠에 버금가는 건달의 아이콘이 될지도 모르겠다.

나에게는 싸움꾼의 피가
흐른다

몹시 유감스럽게도 주변에서는 누구 하나 내가 싸움의 달인이라는 것을 믿어주지 않는다. 20대를 지나 삼십을 넘어서고 마흔에 접어들면서 나는 꽤나 괴팍한 그 성질을 내려놓았기 때문이다. 그래선지 의외로 가까운 사람들이 내 얼빠진 얼굴과 행동을 보며 뭐든 무난하게 받아들일 거라고 생각하는데 사실 나는 그렇지 않다. 실제로 40대에 접어들면서부턴 거의 싸움을 하지 않았는데, 그러다 최근 내 몸에 흐르는 싸움꾼의 피가 아직 죽지 않았다는 것을 알게 된 일이 있었다. 그 대상은 공중파 방송국의 한 꼰대 CP(Chief Producer, 책임프로듀서)와의 설전이었다. 방송 일을 20년 가까이 하면서 가장 참을 수 없는 것 중 하나는 본사 피디의 이른바 '갑질'이다. 모두가 그런 건 아니지만 간혹 그런 CP가 걸리면 그야말로 똥 밟는 경우로 치닫게 되기 때문이다. 방송국과 외주제작사의 계약서 자체가 갑과 을로 되어 있다 보니 갑도 아니고 을도 아닌 일개 병인 프리랜서 피디와 작가의 입장은 철저히 무시되기 일쑤다. 어떤 사람들은 실력보다 CP의 비위를 잘 맞추는 것이 곧 능력이 되기도 했다. 싫은 내색이 얼굴에 그대로 드러나는 나는 본사 부장님들과 그다지 좋은 관계는 아니었다.

문제의 그 사건은 두어 달 전 벌어졌다. 모 방송국에서 특집 다큐멘터리를 제작하게 되었는데 CP가 성질이 사납기로(더럽기로) 꽤 유명한 사람이 걸린 것이다. 중간에 제작진을 바꾸는 일이 비일비재했고 그게 문제가 된다는 것조차 인지하지 못하는 사람이었다. 첫 미팅을 아슬아슬하게 넘기고 두 번째 제작회의를 하는데 그날 일이 벌어졌다. CP는 잔뜩 인상을 구긴 채 내 구성안을 들고 이렇다 저렇다 트집을 잡기 시작했다.

- 김 작가, 방송 하루 이틀 해?

이건 뭐 취재가 하나도 안 되었잖아, 응?

- 어디가 안 되었다는 거죠? 구체적으로 말씀해보세요.

- 아니, 그러니까…….

- 이제 자료 조사 중이고요, 취재는 걸어놓은 상황이니 좀 기다려봐야 하는데 대체 뭐가 문제라는 거죠?
- 아니, 김 작가! 원래 그렇게 한 마디를 안 지나?
- 제가 왜 한 마디를 져야 하죠?
- 하! 진짜 예의 없는 작가구만?
- 먼저 예의를 갖추세요, 부장님.

CP는 질색하는 얼굴을 지어 보이더니, 갑자기 근엄한 표정으로 책상을 한번 '쾅' 내리쳤다. 전형적인 꼰대였다. 보통은 그런 경우 기가 죽는 모양인데 그런 폭력적인 행동을 나는 도저히 납득할 수가 없었다. 그리하여 그가 내려친 것보다 조금 더 큰 강도로 책상을 내리쳤다. 한 번도 그런 일을 겪어보지 않았는지 CP가 잠시 당황하더니 갑자기 내게 꽥 소리를 질렀다.

- 이봐요! 지금 뭐 하자는 겁니까?

그건 내가 묻고 싶은 말이었다. 지금 뭐 하자는 거냐, 이 말이다. 어디선가 뜨거운 무엇이 치고 올라오더니 급기야 나는 그가 내지른 소리보다 두어 배쯤 더 큰 소리로 버럭 고함을 쳤다.

- 지금 그쪽은 뭐 하자는 겁니꽈!!!

언뜻 듣기로 뭐 이런 작가가 다 있냐는 소리도 들렸고, 살다 살다 CP에게 대드는 외주 작가는 처음 봤다며 그는 펄쩍 뛰었다. 함께 회의에 들어갔던 피디는 가운데서 안절부절못했다. 그와 나는 30분간 피만 튀기지 않았을 뿐 전쟁 같은 설전을 벌였고 먼저 실언을 한 건 CP였기에 결국 나는 사과를 받아냈다. 그래봤자 변명에 지나지 않는 사과라 불쾌함만 더했지만.

- 미안합니다. 그저 기선제압하려 했을 뿐이에요.

나는 그의 태도에 기가 차서 더 이상 말이 나오지 않았다. 그러니까 지금까지는 기선제압을 위해 외주 제작진들에게 폭언을 휘둘렀다는 거 아닌가. 함께 있던 피디가 말리는 바람에 더는 싸우지 못하고 나왔지만 집에 돌아온 뒤로 내내 찜찜함을 숨길 수 없었다. 역시나 CP는 프로그램이 끝날 때까지 은근히 나를 괴롭혔고, 급기야는 방송 시간 두 시간을 남기고 테이프를 넘길 만큼 제작진의 속을 썩였다. 이른바 '태움'이었다. 방송을 앞두고 그가 남긴 마지막 메시지는 '살다 살다 이런 여자는 처음 봤다'는 것이다. 이런 여자라니, 그건 어떤 여자라는 것일까?

1990년대 말, 대학 졸업 후 모 백화점에 입사했을 때 나는 거기서 똑같은 말을 듣고 퇴사를 한 적이 있다. 회사 생활 2년 차였는데 당시 나는 날마다 퇴사를 고민했다. 그러다 문제가 생겼다. 백화점 8층 카드센터에서 근무하던 평범한 여직원 중 하나였던 나는 가뜩이나 센터장인 부장과 별로 사이가 좋지 않았다. 그는 이름만 센터장일 뿐 하는 일이라곤 아무것도 없었다. 유니폼을 입은 여덟 명의 여직원들 뒤에 놓인 거대한 책상에서 그가 하는 일이라고는 컴퓨터로 고스톱을 치거나 야한 영화를 보는 게 전부였다. 게다가 그는 야한 영화를 보면서 볼륨을 꺼두지 않고 보는 날이 잦았다. 여직원들 대표로 나는 문제를 제기했다. 그는 깜박했다는 변명을 늘어놓았다.

– 아이쿠! 내가 이렇게 정신이 없다니까. 미안합니다.

그런데 그게 끝이 아니었다. 그는 매번 같은 실수를 반복적으로 저질렀다. 가만 지켜보니 실수가 아니라 고의적인 것이 분명했다. 여직원들은 회의를 했고 다 함께 들고 일어나 부장의 고의적인 실수에 대한 책임을 묻기로 했다. 확실한 성과를 위해 마침 인사과에서 점검을 나왔을 때 그 이야기를 공개적으로 꺼내기로 입까지 맞췄다.

며칠 후, 결전의 날이 왔다. 내가 먼저 일어나 부장의 문제점을 이야기하면 여직원들도 따라서 한마디씩 거들기로 했다. 모두가 숨을 죽이며 기다리던 그날 아침, 예상치 못한 곳에서 문제가 생기고 말았다. 부장과 내통하는 누군가가 있었던 건지, 인사과 직원들이 도착하자마자 부장이 먼저 근무 태도가 불량한 직원으로 나를 지목한 것이다. 노름판의 타짜처럼 부장이 먼저 선수를 친 거였다.

- 하! 부장님이 제 근무 태도를 논할 입장이 되세요?
- 김경희 씨, 당신 고객 응대 점수가 얼마나 형편없는지 알아요? 당신 때문에 컴플레인이 얼마나 많이 들어오는지 아냐고!
- 전 고객에게 성심을 다했어요. 뒤에서 컴퓨터 고스톱이나 치는 분이 그런 말 할 자격이 있어요?
- 뭐? 야!
- 야? 지금 "야!"라고 했어요? 이 인간이 미쳤나, 진짜?
- 뭐, 인간? 어디 평사원이 감히 부장한테……. 이거 완전 또라이 아냐?

- 뭐? 또라이요?

카드센터 매장 안에서 모든 사람들이 지켜보는 가운데 나는 부장과 설전을 벌이다 그만 몸싸움까지 했다. 부장이 먼저 나를 밀쳤고 나는 넥타이를 맨 그의 먹살을 잡기에 이르렀다. 90년대만 해도 직장 내에서 남직원의 권위가 여직원보다 높던 시대라 다들 아연실색해 입이 떡 벌어졌다. 그 일로 부장과 나는 인사위원회에 회부되었는데, 얼마 지나지 않아 사표를 쓰고 회사를 나간 이는 부장이 아닌 나였다. 상사에게 막말한 걸 사과하라는 경고를 들었는데 내가 받아들이지 않았기 때문이다. 사직서를 내러 갔는데 부장이 내게 부드러운 말투로 이렇게 말했다.

- 지금이라도 생각을 바꾸면 어때?
이렇게 퇴사하기엔 김경희 씨는 너무 아까운 재목이야.

어처구니가 없다는 말은 이런 때 쓰는 말이었다. 나는 썩은 미소를 지어 보이곤 부장 얼굴에 사직서를 던졌다. 그때 들었던 말이 바로 그거다. 20년 후 다시 듣게 될 그 말.

- 어휴! 뭐 저런 여자가 다 있어?

사직서를 던지고 문을 쾅 닫고 나오는데, 가슴이 후련하면
서도 몹시 씁쓸했다. 그리고 1년 뒤 여전히 회사를 다니고 있
던 친구로부터 부장이 승진을 해서 모 백화점의 점장으로 갔
다는 말을 전해 들었다. 속상하지는 않았다. 차라리 그런 조직
을 빨리 빠져나와 다행이라는 생각이 들었다.

오래전, 아빠는 전라북도 이리에서 가장 싸움을 잘하는 청
년이었다. 성공하기 전에는 고향에 가고 싶지 않아 하던 아빠
가 어쩔 수 없이 한번 내려갈 때마다 동네 사람들은 아빠의
옛날 모습을 이렇게 추억했다.

- 싸움하면 이길 사람이 없었지, 이 근방에서는.
오죽하면 너희 아빠가 지나가면 풀잎도 미리 드러눕는다
고 했겠어?

화교 출신 중국집 사장님의 증언이었다. 한번은 타 지역에
서 아빠의 명성을 듣고 찾아온 싸움꾼이 결투를 신청했는데,
장소가 그 중국집 홀이었다고 한다. 화교 사장님은 그날 본 아

빠의 날쌘 동작을 잊을 수 없다고 말했다.

상상해봤다. 싸움 구경이 제일 재미있는 거라 중국집 홀에 몰려든 사람들 사이에서 일 대 일로 펼쳐지는 싸움꾼들의 결투. 상상력이 부족한 나로서는 드라마 〈야인시대〉를 참고할 수밖에 없지만 아무렴 맨주먹으로 싸우는 그 시절의 싸움은 어느 정도 낭만적이긴 하다.

나는 인터뷰 당시 아빠에게 이렇게 물었다.

- 아빠, 주먹으론 아빠를 당해낼 사람이 없었다면서요?
- 하하. 주먹을 함부로 놀리면 그건 깡패지.
  진짜 싸움꾼은 함부로 싸우진 않아.
- 그럼 어떻게 해요?
- 눈빛으로 기선 제압을 하지.
- 그래도 안 되면요?
- 그땐 뭐 나비처럼 날아서 벌처럼 쏘고 빠지는 거지.

아빠가 자주 했던 말 중 하나가 '싸움의 정도(正道)'였다. 함부로 싸움을 해도 안 되지만, 저항을 해야 할 땐 분노하고 싸울 줄 알아야 한다는 것이었다. 아빠는 그런 이야기를 아들인 오빠에게만 한 것이 아니라 딸에게도 똑같이 했다. 지금에 와서 돌이켜보면 우리 집에는 남녀 차별도 없었다. 아빠는 아들과 딸을 늘 공정하게 대했고, 딸인 내게도 늘 의리의 중요성을 강조하셨다. 20년 전에도, 20년 후에도 나는 이런 여자, 저런 여자, 라는 말을 듣곤 하지만 분노하고 저항하는 건 민주주의의 기본 아닌가? 세상이 많이 변했지만 여전히 곳곳에 찌질한 꼰대들이 널려 있고 어디서든 불합리한 상황들은 존재하니까. 마흔을 넘긴 지금의 나는 웬만하면 잘 싸우지 않는다. 하지만 앞으로도 분노하고 저항해야 할 일이 생기면 언제든 피터지게 싸울 것이다. 엄마가 알면 진저리를 치겠지만, 역시 내 몸에는 싸움꾼의 피가 흐르는 것이 분명하다.

발가락이 닮았다고?
식성도 닮는다

아빠가 좋아했던 음식을 떠올려보면 단연 '고기'다. 우선 겨울이면 맛이 달콤하게 밴 무를 썰어 넣고 끓이는 소고기국 같은 것이 있겠으나, 아빠에게 고기는 오로지 돼지고기였다. 아빠는 특히 두 가지 요리를 주로 즐기셨는데 하나는 겨우내 잘 익은 김치를 썰어 넣은 김치찌개이고 다른 하나는 삶은 돼지고기, 즉 수육이다. 여기서 중요한 건 돼지고기는 살코기가 아닌 껍데기가 붙어 있는 것이어야만 한다는 것이다. 고기를 좋아하는 사람들은 식감을 중요하게 여기기 때문이다. 좋아하면 보이게 되고, 자주 보면 사랑하게 된다더니 돼지고기를 좋아하는 아빠는 수육을 맛있게 삶아내는 데는 도가 튼 사람이었다. TV에 나오는 요리 선생님들처럼 잡내를 없애기 위해 이런저런 향신료를 집어넣는 것도 아닌데 아빠가 삶은 고기에서는 희한하게도 냄새가 거의 나지 않았다. 아빠는 오직 된장만 넣었는데도 그랬다. 그래선지 돌아가시기 전까지도 베란다에 놓여 있는 장이 담긴 항아리를 보물처럼 여기셨다. 한번은 투병 중인 병원에서 섬망 증상이 왔을 때에도 문득 잠에서 깬 아빠가 엄마에게 이런 말을 했다고 한다.

- 비 오는 거 아니야? 항아리 뚜껑 얼른 덮어야지!

그런 아빠 덕에 나는 돼지고기에 관해서는 조금 까다로운 사람이 되었다. 어떤 고기가 맛이 있으며 어떤 상태일 때 먹는 것이 좋을지 온몸으로 체득했기 때문이다. 아빠는 잘 삶아진 돼지고기를 두툼하게 썰어서 강경에서 주문한 새우젓에 찍어 드시는 걸 좋아했다. 나 역시 돼지고기란 당연히 그렇게 먹는 줄 알고 살아왔다. 아빠처럼 먹고 싶은 건 매일 있었고 돈은 없어도 마음만은 귀족처럼 사는 걸 배웠기 때문이다. 소고기도 아니고 그저 돼지고기 한 덩이면 충분한 일이다. 문제라면 그저 돼지고기 한 덩이쯤도 우리 집 형편에선 그리 쉽지 않았다는 점이다. 그럼에도 아빠는 사람은 잘 먹고살아야 한다는 신조를 굽히지 않았고 성향이 정반대인 엄마는 그런 아빠를 원망했다. 형편이 안 되면 허리띠를 졸라 매야 한다고 생각하는 사람이 엄마라면 아빠는 당장 내일 쌀 살 돈이 없더라도 오늘 한 끼를 잘 먹어야 한다고 생각하는 사람이었다. 우리 삼남매 중 아빠와 가장 많이 닮은 나는 당연히 아빠와 같은 생각을 가지고 있다. 나는 아빠의 그런 철학이 '호화로운 가난의 미학'이라고 믿고 있기 때문이다. 아빠는 빠듯한 가정 형편에서도 자신만의 즐거움을 찾는 데는 선수였고, 때때로 미식가였다.

아빠가 돌아가신 후, 가장 후회로 남은 것도 다름 아닌 돼지고기다. 한번은 광화문에 일이 있어 나갔다가 지인들과 함께 돼지국밥을 먹기로 하고 가게로 향했다. 맛집이라고 소문이 난 곳이라서 그런지 초저녁임에도 빈 좌석이 거의 남아 있지 않았다. 우리는 시끌벅적하게 자리를 잡고 앉아서 개인별로 국밥 한 그릇씩과 모둠 순대 한 접시, 그리고 돼지 수육을 시켰다.

그런데 나는 그만 돼지 수육 한 접시에서 울컥 하는 마음이 들고 말았다. 다른 건 몰라도 나의 무심함이 너무나 안타까웠기 때문이다. 나는 왜 아빠와 이런 곳에 와서 수육 한 접시도 먹지를 못했던 것일까? 친구들과는 이런저런 맛집을 찾아다니고 사진을 찍고, 즐거움을 나누면서 아빠와는 왜 한 번도 그러지 않았을까? 그런 생각을 하니 가슴이 쓰렸다. 나는 아빠와 함께 있는 것을 불편해했고, 더욱이 아빠와 마주 앉아 밥을 먹으며 할 이야기란 없는 줄만 알았다. '가족끼리 왜 이래'라는 말처럼 가족은 원래 데면데면한 거지, 라는 생각으로 살았다. 한마디로 나는 철이 없었다. 철이 없었을 뿐만 아니라 부모가 내 곁을 떠날 수 있다는 사실에 대해 생각해보지도 않았다. 마흔도 넘었으면서, 팔십이 넘은 아빠가 마냥 옆에 계실 줄 알았던 거다. 그냥 헛짓만 하며 시간을 보냈다는 사실이 너무 쓰리게 다가왔지만 돌이킬 수 없는 일이었다.

그 순간, 식당 아주머니가 돼지국밥 네 그릇과 모둠 순대, 그리고 식힌 뒤 종이처럼 얇게 썰어낸 수육 한 접시를 놓고 갔다. 슬픔이 올라오려다가 쑥 들어가며 나도 모르게 혼잣말을 했다.

- 아! 이 집 수육을 너무 얇게 썰었네…….

누군가는 이렇게 얇게 썬 고기가 좋다고 했고, 또 다른 누군가는 삶은 돼지고기는 별로라며 고개를 저었다. 나는 그저 피

147

식 웃으며 한 손을 들어 식당 아주머니에게 새우젓을 가져다 달라고 했다. 새우젓이 나오자 갑자기 기분이 좀 좋아졌다. 아빠는 자신을 행복하게 만드는 것이 무엇인지 나에게 확실히 가르쳐준 모양이다. 때로 지치고 힘든 일상에서 그런 것조차 없으면 사람이 과연 행복해질 수 있을까?

솔직하고 제멋대로인 성격에 생활력은 없었던 아빠가 나에게 준 유산은 어쩌면 그런 것들이다. 돈은 없어도 마음만은 귀족처럼 사는 것. 나는 젓가락으로 돼지 수육을 한 점 집어서 새우젓에 살짝 찍어 입안에 넣었다. 차갑게 식힌 고기와 새우젓의 비릿한 향이 묘하게 어우러졌다. 수육 접시를 바라보면서 혼자 이런 생각을 했다.

아빠, 나도 돼지고기가 좋아요.
앞으로도 먹을 때마다 아빠 생각이 날 것만 같아!

아빠는 모든 딸들의 첫사랑이다.

마흔 중반을 훌쩍 넘긴 나이에 새로운 삶을 시작하겠다며 베트남으로 날아간 J 언니가 3년 만에 한국으로 돌아왔다. 그녀는 어찌나 계획적이고 도전적이며 진취적인지 한국어문화

원 강사 자리 제안을 받자마자 곧장 베트남으로 향했다. J 언니에겐 아직 대학생인 둘째를 포함해 20대가 된 아들이 둘 있었지만 그녀는 자식과 자신의 미래를 별개로 생각하는 스타일이라 그런 건 그다지 문제가 되지 않았다. 그맘때쯤엔 젖은 낙엽처럼 들러붙고 만다는 남편도 없어 홀가분한 상태라 그녀의 베트남행을 막을 사람은 아무도 없었다. 더욱 놀라운 사실은 그녀가 베트남어를 한 마디도 할 줄 모르는 상태였다는 거다. 허덕거리며 육아와 일에 치여 사는 나에게 그녀의 가출(?)은 〈인형의 집〉 속의 집 나간 로라처럼 통쾌하게 느껴졌다. 50이 가까워지는 나이에 독립을 꿋꿋이 진행시키는 그녀를 보며 한 가지 깨달은 게 있다. 역시나 경제적으로 독립을 해야 진짜 독립이라는 점이다.

성실한 사람들의 시계는 다른 속도로 흐르는지 늘 그만그만한 나와는 달리 어느새 J 언니는 하노이에 위치한 한 대학교에 강사 자리를 얻었다고 했다. 한국 탈출 1년이 지난 시점이었다. 그러고는 다시 1년 만에 한국어과 교수가 되더니, 급기야 한국어학과 학과장 자리까지 올라갔다. 2년 만에 방학을 맞아 한국을 잠시 찾은 그녀에게 나는 이렇게 물었다.

- 3년 만에 베트남 대학교에서 학과장이 된 걸 내가 어떻게
  납득해야 해?
- 운이 좋았어. 마침 하노이에 한국어 학과가 엄청 생겨나
  고 있었거든.

그 사이, J 언니는 40대 후반을 지나 나이 50을 넘겼지만 여
전히 생기가 넘쳤다. 2년간의 베트남 생활을 이야기할 땐 타
향살이가 너무 힘들다며 푸념을 하곤 했지만 눈빛만은 여전
히 반짝거렸다. 막상 아이들과 떨어져 살다 보니 애틋한 마음
도 더 커졌다고 했다. 그리고 20대 중반에 결혼해 25년 만에
처음으로 혼자 살아 보니 자기 자신을 객관적으로 볼 수 있어
만족한다고 했다.

한국에 있을 때 우리는 만날 때마다 결혼제도의 불합리함과
떨치지 못하는 미련함에 대해 주로 한탄을 했다면, 이제 그녀
는 어떤 강을 건너가 이곳을 지긋이 바라보는 여유가 생겨 보
였다. 많이 부러웠고 그만큼 기뻤다. 그리고 다시 1년 반이 흘
렀다. 코로나19로 전 세계가 혼란에 빠진 2020년 가을이었다.

J 언니에게서 메시지 한 통을 받았다.

- 나, 한국에 돌아왔어. 아빠가 많이 아프셔.

베트남으로 떠난 지 4년이 되어가는 시점이었다. 학과장이란 자리와 배우기 시작한 베트남어에도 조금씩 익숙해질 시점이었다. 한국어를 공부하는 베트남 대학생들과도 꽤 친해져서 그 아이들이 큰 기쁨을 준다고 말하기도 했다. 한 번은 거리의 오토바이에 치여 쓰러진 J 언니를 제자인 학생이 들쳐업고 병원으로 뛰어갔다고 했다. 그런 이야기를 할 때 J 언니는 행복해 보였고, 나는 속으로 어쩌면 그녀가 베트남에서 쭉 살게 될지도 모른다는 생각을 했었다. 그런데 모든 걸 포기하고 한국으로 돌아왔다고? 나는 2주간의 자가 격리 기간을 끝낸 그녀와 카페에서 만나 잠시 커피 한 잔을 했다. 우리는 마스크를 낀 채 마주 앉았고 세상은 눈 돌아갈 정도로 빠르게 변해버린 뒤였다.

- 대체 학교는 어쩌고?
- 일단은 휴직계를 냈는데 6개월 후까지 돌아가지 못하면……. 아무래도 그만두어야겠지?
- 어떻게 만든 자리인데……. 나이도 있잖아.
- 갑자기 그런 생각이 들더라.
  아빠의 마지막도 함께 못하면서 내가 뭐 한다고 여기서 이러고 있나.

만약 베트남에 있을 때 아빠가 떠나버리시면, 나 너무 후
회될 것 같더라고.

– …….

– 막상 결심을 하니까 한국에 올 때까지 불안해 죽겠는 거야.
비행기 표를 겨우 구했는데 2주나 남은 거야. 나 그 사이
에 아빠가 떠날까 봐 얼마나 마음을 졸였는지…….

J 언니는 그렇게 이야기하면서 눈가가 촉촉해졌다. 나는 뭔
가 말을 보태려다가 그러지 않는 것이 좋을 것 같아서 그냥
듣기만 했다.

– 사람을 알아봤다 못 알아봤다 하셨다는데 나를 보자마자
웃으시더라.

– 좋으셨나 보다. 큰딸이라고.

– 응. 나보고 뭐라고 하셨는지 알아?
너 얼굴이 좀 변한 것 같다? 이러시는 거 있지.
옛날 내 얼굴 기억하고 계시나 봐. 결혼 전, 아직 자기 딸
로만 있을 때.

거기까지 이야기하고 우리는 마주 보고 웃었다. 웃는 것 외

에 슬픔을 엷어지게 할 별다른 방법을 찾지 못했기 때문이다.

사실, 아빠도 그랬었다. 19시간의 수술 후 중환자실을 거쳐 일반 병실로 돌아와서 아빠가 나와 언니에게 물었던 말은 "학교 가야지?"였다. 아직 한 식구였을 때, 아빠는 일하러 가고 우리는 학교에 가던 아주 평범한 어떤 날이 아빠의 기억 속에는 오롯이 남아 있었던 모양이다.

J 언니와 나는 최근에도 가끔 만나 커피를 마신다. 카페 이용 금지일 땐 얼굴을 보지 못하다가 카페 좌석 1시간 허용이 되자마자 잠시 만나기로 했다. J 언니의 아버지는 상황이 좋지 않지만 잘 버티고 계신다고 했다. 나는 다행이라고 말해주었지만 그것 또한 얼마나 힘든 일인지 잘 알기에 마음이 무거워졌다. 요즘은 지인들과 만날 때 아픈 부모를 돌보는 일이 자주 화제에 오른다. 대부분 근심 섞인 대화가 오가게 마련이고 누구에게라도 곧 닥칠 일이기에 다들 옅은 한숨을 뱉어내곤 했다. 그러다 우리는 나중에 안락사를 했으면 좋겠다는 답도 없는 수다를 이어갔다.

다들 같은 마음이지 않을까? 사랑하는 이들을 알아보지도 못하고 온전히 자신의 힘으로 먹고 배설하는 게 불가능해지고 혼자서 움직이지 못하는 비참함을 견디며 연명하는 상황

을 겪고 싶지 않기 때문이다. J 언니의 아버지가 잘 버티고 계
신다는 말이 그래서 나는 더 가슴 아프게 다가왔다. 아버지들
이 견뎌주시는 것에 감사한 마음이 드는 한편, 아무리 미화해
도 환자를 돌보는 일은 진이 다 빠지는 일임을 알고 있기 때
문이다. 가끔 지인들이 모였을 때 이런 말을 한다.

- 진짜 우리나라 딸들은 상 받아야 해.
- 왜 아냐! 병원 가보면 아픈 부모님 모시고 오는 건 거의
  다 딸들이다?

어떤 딸들은 아빠를 너무 좋아해서, 또 어떤 딸들은 평생 아
빠를 미워한 것이 미안해서, 그리고 어떤 딸들은 의무감으로
아버지라는 환자를 돌본다. 그런데 그것을 개인이 모두 떠안
아야 하는 건 너무나 힘든 일이다. 아무리 사랑해도 지겨워질
때가 있고 휴식이 필요하기 때문에 반드시 돌봄의 사회화가
필요하다. 그것이 없다면 그 누구도 아름다운 이별을 장담할
수 없다.
갑작스런 순간, 단번에 다가오는 죽음을 맞는 이들도 있지
만 대부분은 지난한 소멸의 과정을 거친다. 그걸 지켜보는 일
은 생각보다 무척 버거운 일이다. 단순히 좋다, 나쁘다, 그런

감정이 아니라 하루에도 수십 번씩 널뛰기하는 복잡한 감정을 오가는 건 무척이나 괴롭다. 그럴 때면 자신이 몹시 싫어지기도 한다. 적어도 나는 그랬다. J 언니의 푸석푸석해진 머릿결과 피로에 지친 얼굴에 나는 경의를 표하고 싶어졌다. 한국을 과감히 떠날 때 두 아들을 두고 가는 건 조금도 걸려 하지 않던 그녀가, 평소에도 무척 이성적이며 감정 처리에 능숙한 그녀가 흐트러져가는 모습이 꽤 애잔하게 느껴졌기 때문이다. 아빠는 모든 딸들의 첫사랑이기 때문일까? 그날 문득 아빠에게 전화를 걸고 싶은 충동을 느꼈다. 그러나 이제는 더 이상 전화를 받아줄 아빠가 없다는 사실에 나는 무척 서글퍼졌다. 그때 누군가 나의 표정을 봤다면 '저게 바로 아빠 잃은 딸의 얼굴이구나!' 하고 금세 알아차릴 수 있었을 것이다.

3장
세상에서 나를 가장 사랑한
남자의 마지막 시간들

19시간의 수술이
끝나고 난 뒤

　뭐가 가장 무섭냐면 헤어짐이 그렇다. 살면서 수없이 많은 사람들을 만나고 스쳐가기도 하며, 서로 오해 끝에 헤어지기도 했지만 평생을 함께 해온 가족과 헤어질 수 있다는 사실이 얼마나 무서운 것인지 나는 미처 몰랐다. 그리고 이별이란 것이 그렇게 갑작스럽게 오는 건지도 알지 못했다. 그걸 알았더라면 우리가 이렇게 시간을 허비하지는 않았을 텐데 말이다.

　2018년 봄에 아빠는 암 판정을 받았다. 그것도 희귀 암이라고 했다. 인구 10만 명 당 많아야 1.4명 정도에 그칠 뿐인 흔치 않은 희귀한 암. 안타깝지만 그중에서도 고악성도 암이라고, 의사가 덧붙여 말했다. 그런 상황은 영화나 TV 드라마 속에서나 나오는 비현실적으로 비극적인 장면이라고 생각했는데 우리 집에 실제로 그런 일이 일어난 것이다. 점점 더 어쩌면 아빠를 잃게 될지도 모른다는 두려움이 느껴지기 시작했다. 물론, 지나고 보니 긴 투병 생활에 비하면 그런 두려움은 아무것도 아닌 일이었다. 자식이란 얼마나 무심한지, 아빠가 80세가 넘었는데도 나는 한 번도 그의 건강을 걱정해본 적이 없다. 워낙 자기관리가 철저한 아빠는 건강검진을 정기적으로 받았으며 식생활이며 운동 등 뭐 하나 나무랄 게 없이 건강을 챙겼기 때문이다. 가끔은 너무 지나치게 철저한 게 아닌가 하는 생각이 들 정도로 아빠는 완벽히 자기 몸을 챙겼다. 그러니 아빠가 아프실 거라고는 손톱만큼도 의심해본 적이 없다. 마흔이 넘으면서부터는 친구의 아버지가 떠나시는 일이 종종 생겼지만 그때도 나와는 상관없는 일인 줄만 알았다. 아빠는 늘 거기 그렇게, 계실 줄만 알았다.

긴급히 수술이 결정되었다. 예상하기로는 13시간에서 15시간 정도 소요되는 대수술이라고 했다. 수술 전에 의사는 아빠가 놓일 수 있는 각종 위험한 상황에 대한 안내를 했고 우리는 논의 끝에 동의서에 사인을 했다. 수술 중 최악의 상황까지 고려된 동의서를 보고 있자니 인간의 삶이 한낱 종이 한 장에

휘갈겨 쓴 사인에 좌지우지될 정도로 아무것도 아니라는 사실이 뼈아프게 다가왔다. 물론, 그런 감상마저도 사치에 지나지 않았다. 수술을 결정하는 순간, 폭풍이 몰아쳐 쓸려가듯 모든 일정이 병원 시스템에 맞춰 돌아갔다. 그럴 땐 무조건 마음을 단단히 붙들어 매는 것 외에는 방법이 없다.

꽤 오래전에 〈작별〉이라는 TV 드라마가 있었다. 김수현 작가의 작품이었는데 암 선고를 받은 아버지가 아내, 그리고 세 명의 딸과 일상을 보내며 마지막을 준비하는 보기 드문 깊이가 있는 작품이었다. 자녀들은 성격이 모두 제각각 달랐지만 아버지의 뜻대로 그를 담담하게 보내기로 한다. 어린 마음에도 드라마를 보면서 그들의 태도가 마음에 들었다. 몇십 년후, 내게 이런 일이 생길 거라고는 상상도 못했지만 결국 우리 가족도 드라마 같은 상황에 놓이게 되었다. 우리는 최대한 담담하게, 별일 아니라는 듯 이 상황을 받아들이기로 했다. 언제나 그렇듯 이런 시간들은 지나가고 말 거라는 표정으로 아빠를 보면 신기하게도 마음이 좀 편안해졌다.

수술 전날, 갑자기 병실에 아빠와 단둘이 남았다. 언니는 입원과 관련된 처리할 일이 있어서 자리를 비운 상황이었고 엄마도 어쩐 일인지 자리를 비우고 없었다. 잠시 후, 간호사 한

분이 들이닥쳐 내게 면도기를 내밀었다.

- 지금 해주세요.
- 뭘요? 이게 뭐죠?
- 면도기예요. 환자가 손이 닿지 않을 테니 보호자가 밀어
  주세요.
- 밀다니요?
- 제모를 하셔야죠. 마취해야 하잖아요.
  아버님 속옷 탈의하시고요. 깨끗하게 밀어주세요.
- 제가요?
- 그럼 누가 하죠?
- 아……, 네.

마음을 단단하게 먹었지만 이건 정말로 예상해본 적이 없는 난처한 상황이었다. 당황하기는 아빠도 마찬가지로 보였다. 하지만 살다 보면 아무렇지도 않다는 듯 행동해야 할 때가 있다. 나는 간호사의 지시가 떨어지자마자 바삐 몸을 움직여 아빠의 제모를 준비했다. 잠시 후 병실 바닥으로 파뿌리처럼 하얀 털들이 우수수 떨어져 내렸다. 평소 아빠가 어려워서 손잡는 것조차 어색했는데 막상 이런 상황에서는 오히려 불편

한 마음이 들지 않았다. 아빠는 구부정하게 앉아 다른 곳을 쳐다보았고 나는 오로지 아빠만 쳐다보았다. 그가 몹시 나이가 들었다는 것을 이제야 알아차린 내가 좀 한심하게 느껴졌다. 그날 아빠와 나는 호흡을 잘 맞춰가며 그 작업을 어렵지 않게 완수했다. 다시 아무 일도 없었다는 듯 아빠는 환자복을 갖춰 입었고 나는 빗자루로 바닥을 쓸었다. 묘하고 두려운 밤이 그렇게 깊어갔다.

아침 7시. 아빠와 함께 수술실로 이동했다. 수술을 결정하고 오늘에 이르기까지 모든 것을 담담히 받아들인 아빠는 수술실로 향하는 엘리베이터 안에서만큼은 살짝 눈물을 보였다. 나는 애써 모른 척 다른 곳을 바라보았고 아빠도 금세 평정심을 되찾는 것처럼 보였다. 잠시 후, 아빠가 탄 휠체어를 끈 간호사가 보호자는 들어갈 수 없는 곳이라고 내게 선을 그으며 돌아섰다. 두어 번 우리를 돌아보는 아빠를 향해 우리는 약간 과장되게 "파이팅!"을 외쳤다. 비장한 얼굴로 아빠를 수술실에 들여보내고 싶지 않았기 때문이다. 이럴 때일수록 포즈가 중요하다고 아빠가 늘 이야기했었다. 이런 걸 보면 영락없는 아빠 딸이다. 잠시 후, 꽤 오랜 시간 열리지 않을 수술실 문이 굳게 닫혔다. 그제야 다리가 풀리듯 맥이 확 빠졌다. 수술실로 향하면서 아빠는 왜 눈물을 보였을까? 아마도 사랑하는 가족의 얼굴을 다시는 볼 수 없을지도 모른다는 생각을 했기 때문일 것이다.

죽는다는 건 어떤 의미일까. 나는 마흔 살이 넘도록 한 번도 생각해보지 않은 죽음이라는 것에 대해 잠시 생각했다. 죽음은 사라진다는 것이 아닐까. 그렇다, 사라지는 것이 전혀 두렵지 않다면 거짓말일 것이다.

새벽 3시. 수술실 앞 전광판에 남은 환자의 이름은 오로지 아빠뿐이었다. 대부분 4~5시간의 수술을 마치고 중환자실로 옮겨졌기 때문이다. 불안함과 별도로 몸은 지쳐갔다. 눈을 뜨고 있는 건지 감고 있는 건지 정신이 몽롱해질 무렵, 나는 수술실 앞 복도의 차가운 바닥에 그냥 주저앉고 말았다. 언제까지나 내가 최고인줄 알고 살아온 나는 누굴 그렇게 기다려 본 적이 없었다. 그 순간, 드디어 전광판의 '수술 중' 글자가 '수술 끝'이라고 바뀌었다. 아침 7시. 아빠가 수술실로 향한 지 정확히 19시간 만이었다. 그것은 내 인생에서 가장 길고 애타는 기다림의 시간이었다.

옛날 노래를 듣다

　새벽 2시에 휴대전화가 요란하게 울렸다. 다급한 목소리의 상대편은 자신이 중환자실 간호사임을 알렸다.

　- 지금 좀 와주셔야겠어요. 아버지께서 문제를 일으키고 계 세요.

　잠이 덜 깬 상태인 데다 문제라는 말에 놀란 나머지 나는 잠이 번쩍 깼다.

　- 문제라니요?

말이 좀 이상했다. 문제가 생겼다는 것이 아니라 문제를 일으킨다는 것이 이해가 되지 않았다. 19시간의 큰 수술을 견딘 중환자가 문제를 일으킬 수 있는 일이 무엇일까? 나는 의문을 품은 채 언니에게 곧장 전화를 걸었다.

– 아빠가 좀 이상하대. 지금 가봐야 할 것 같아!

우리는 부리나케 아빠가 있는 중환자실로 향했다. 새벽 3시가 가까워오는 시간이었다. 득달같이 병원에 도착한 우리는 거기서 믿을 수 없는 장면을 목격하고 말았다. 아빠는 중환자실 침대에 누워 있는 것이 아니라 멀쩡히 앉아 계셨고, 담당의사와 간호사들이 침대 위의 아빠를 에워싸고 있었기 때문이다. 피로가 누적된 듯 얼굴을 잔뜩 찌푸린 담당 의사가 나를 힐끗 보더니 손짓을 했는데, 저쪽으로 가서 이야기 좀 하자는 취지였다. 그는 한숨을 한 번 내쉬더니 이렇게 말했다.

– 탈출을 하시려고 하셨어요. 아무래도 섬망인 것 같습니다.

중환자가 탈출이라니!
그것도 믿어지지 않는데 '섬망'이라는 낯선 단어는 나를 더

욱 어리둥절하게 했다. 나는 섬망이라는 단어도 그날 처음 들었다. 담당 의사는 섬망이란 긴 수술을 받은 노인 환자에게서 종종 나타나는 현상인데 과거와 현재, 혹은 현실과 환상을 약간 혼동하는 상태라고 일러주었다. 그러니까 아빠는 지금 자신이 놓인 그곳이 중환자실이 아니며, 의료진들은 자신을 겁박하기 위해 모인 어떤 적이라고 생각하는 것 같았다.

- 일단 안심을 시켜드려야 해서 자식 분들을 오시라고 한 거고요. 그렇게만 아시고 돌아가셔도 좋습니다.

아빠는 내가 의료진과 이런저런 이야기를 나누는 모습을 멀찍이서 바라보더니 불현듯 나를 향해 고함을 지르셨다.

- 경희야! 그놈들 꾐에 넘어가면 안 된다! 경찰을 불러야 해, 경찰을!

1960년대 아빠는 전라도 이리에서 이름난 싸움꾼이었다. 난장에서 열린 씨름대회에서 소를 탄 아빠는 근방에서 '주먹왕' 혹은 '씨름왕'으로 통했다. 이리 읍내에는 쇼단을 운영하는 극장이 하나 있었는데 서울에서 이미자나 남진이 공연 오는 날이면 지역에서 먹고살 만한 부류들은 흰색 양복에 백구두와 중절모로 멋을 부리고 극장 나들이를 했다. 있는 집 아가씨들도 양장점과 양화점에서 옷과 구두를 맞춰 입고 삼삼오오 극장으로 모였다. '씨름왕'으로 불리던 아빠는 어느 날, 쇼단 단장으로부터 지금 말로 스카우트 제의를 받았다. 당시 쇼단은 지역의 건달들과 부딪칠 일이 많아 베짱이 좀 있어야 했기 때문이다. 1960년대에는 법보다 주먹이 가까웠고 극장을 운영하려면 힘깨나 쓰는 이들의 도움이 절실히 필요했다. 지금의 기준으로는 도무지 이해할 수 없는 시대지만 실제로 그러했다.

극장만이 아니라 난장도 아빠 같은 사람을 필요로 했다. 난장이 열리면 어김없이 '섰다'판이 벌어졌고 누구네 문전옥답이나 집문서가 하루아침에 날아가는 것 정도는 특별한 일도 아닌 시대였기 때문이다. 어딜 가나 고리전이나 후리는 읍내 건달들이 넘쳐났으니 '쇼단'이나 '난장'이나 지역 건달을 잘 다루는 일이 몹시 중요했다. 그러니 이름난 싸움꾼인 데다 훤칠한 외모가 배우 못지않은 아빠를 쇼단 단장이 모셔가지 않을 이유가 없는 것이다. 20대의 아빠는 젊었고 강했으며 자신감이 넘쳤다. 극장 일도 재미있었고 따르는 동생들도 많았다. 다만 문제가 하나 있었다. 쇼단이 흥행할수록 패싸움이 벌어지는 일도 잦았다는 점이다.

　한번은 전라도 군산 지역에서 패거리가 몰려왔다. 순식간에 아빠 혼자 그들 여러 명을 쓰러뜨렸다는 소문이 퍼지면서 대결을 걸어오는 지역 깡패들이 자주 이리로 찾아왔다. 아빠는 어느 날, 이렇게 살면 안 된다는 생각이 들었다고 했다. 손을 털어야겠다고 생각했을 즈음 건넛마을에서 선이 들어왔다. 서른세 살, 당시로는 늦은 나이의 결혼이었다. 아빠는 결혼과 동시에 주먹세계에서 발을 뺐다. 한동안 다시 그곳으로 돌아오게 하려는 사람들의 협박과 회유가 이어졌다. 엄마는 그때를 이렇게 회상했다.

　- 느이 아빠는 서울로 갈 준비를 하고 있었어.
　아빠가 서울 간 사이에 이상한 놈들이 찾아와서 애들을 묻어버린다고 하더라.

　아빠는 아내와 아이 둘을 데리고 고향을 떠나 서울로 향했다. 이제는 남들처럼 평범하게 잘 살아보고 싶었던 것이다. 아빠는 당시의 이야기를 우리에게 꺼내놓은 적이 거의 없었다. 다만 고향 사람들과 몇몇 친척, 그리고 엄마의 회상을 통해 대충 퍼즐이 맞춰진 이야기다. 처음에 그 이야기를 들을 때 나는 드라마 〈야인시대〉 속 주인공들의 에피소드인 줄만 알았다.
그러니까 중환자실에서 경찰을 불러야 한다고 외친 건 아빠
의 섬망이 그를 1960년대로 데려간 거였다.

- 보다보다 이런 환자는 처음입니다. 우선 힘이 너무 세시
고요. 침대에서 떨어질까 봐 묶었는데도 소용이 없어요.
일단 일반 병실로 옮기겠습니다.

섬망에 빠진 아빠는 중환자실에서 감당하지 못하고 일반
병실로 옮겨졌다. 가족들의 얼굴을 봐야 안심할 것 같다는 주
치의의 판단에서였다. 중환자실을 빠져나오자마자 아빠는 왜
빨리 자신을 구출하지 않았느냐는 눈빛으로 원망하듯 우리를
쏘아보았다. 아빠의 상태가 좋든 안 좋든 그건 중요하지 않았
다. 그저 아빠가 긴 수술을 견디고 깨어났다는 사실이 감사하
게 느껴졌다. 아빠는 가족들의 얼굴을 일일이 확인하고는 독
약을 마시고 잠든 백설공주처럼 깊은 잠에 빠져들었다. 다시
깨어났을 때 아빠의 기억은 20대인 1960년대에 머물러 있었
고 다시 며칠은 30대, 이후 며칠은 40대를 오가며 우리를 헷
갈리게 했다. 아빠의 기억이 현재에 이르는 데는 약 2주의 시
간이 걸렸다. 완벽히 돌아왔나 싶다가도 갑자기 언니와 나를

향해 이렇게 묻기도 했다.

　– 너희들, 학교 안 가고 왜 여기에 있어?
　어서 양말 신고 학교 가야지.

　그 사이 우리는 섬망이라는 증상에 완벽히 적응했다. 지금
학교 갈 준비를 하고 있다고 대답하면 아빠는 그런가 보다 하
고 고개를 끄덕이셨다. 그러다 다시 졸음이 몰려오면 우리가
옆에 있는 것을 확인하고 나서 평온해진 눈빛으로 다시금 잠
에 빠져들었다.

　다시 며칠이 흘렀다.
　문득 아빠가 옛 노래를 좋아한다는 것에 생각이 미쳤다. 나
는 곧장 휴대폰으로 흘러간 노래를 검색했고 아빠에게 들려
주었다. 〈황성옛터〉와 〈비 내리는 고모령〉, 〈홍도야 우지 마
라〉, 〈청춘고백〉 등 흔히 뽕짝이라고 말하는 그런 노래들이었
다. 어릴 땐 그런 제목의 노래들이 참 싫었다. 뭔가 고급스럽
지 않은 느낌이었기 때문이다. 아빠가 가장 젊고 빛나던 시절,
그는 이리의 한 극장에서 이런 노래들을 들으며 무언가를 꿈
꾸었을 것이다. 더 화려하고 강렬하게 살 수도 있었지만 아빠

는 가정을 택했고 자신의 과거는 잊어버린 채 서울이라는 도시에서 택시를 몰았다. 술 취한 사람도 태웠을 것이고 시비를 걸어오는 손님과 몸싸움도 했을 것이다. 그렇지만 그는 자신을 내려놓고 손님의 비위를 맞췄다. 더 이상 참을 수 없을 지경이 되면 손님과 멱살을 잡고 실랑이를 하기도 했지만 어쨌든 그로서는 최선을 다한 삶이었다.

아빠의 병실에서 다시 흘러간 노래를 들었다. 재미있는 것은 이전과는 다른 느낌으로 들린다는 점이다. 촌스럽고 수준이 낮다고 생각했던 그 가사들이 내 마음을 조금씩 움직이기 시작했다. 흘러간 노래가 병실의 공기를 채우자 양반다리를 하고 앉아 있던 아빠가 몸을 좌우로 흔들기 시작했다. 기억을 온전히 되찾지는 못했지만 흘러간 노래가 아빠의 마음에 파동을 일으킨 것 같았다. 옛날 노래란 흘러가버린 거라고만 생각했는데 그건 내가 인생을 몰랐기 때문이다. 노래는 흘러가는 게 아니라 흐르는 거였다. 아빠의 젊은 날로부터 내게로 흘러온 노래들, 그 촌스러운 음정과 박자와 가사들은 다시 내게서 또 어딘가로 흐를 것이다. 옛날 노래를 듣다가 나는 가슴이 뜨거워졌다. 눈물 한 줄기가 볼을 적셨지만 나는 얼른 눈물 자국을 닦았다.

카프카의 변신
- 암 병동에서 알게 된 것들

가장 좋아하는 소설을 꼽으라면 나는 망설이지 않고 카프카의 《변신》을 꼽는다. 인간이 어느 날 갑자기 갑충으로 변하는 내용인데 20대 때 이 소설을 읽고 가족이란 무엇인지, 인간다운 삶이란 어떤 것인지 진지하게 생각해본 기억이 있기 때문이다. 《변신》은 소설 속 주인공 그레고르가 어느 날 아침 불안한 꿈에서 깨어났을 때 흉측한 해충으로 변하면서 그의 가족들과 겪는 관계를 다룬 작품이다. 해충이 되자 그레고르는 가족으로부터 철저하게 소외된다. 가족들과 소통을 시도하지만 번번이 거부당하고 시간이 지날수록 가족들은 점점 그의 존재를 잊어간다. 점점 그의 방 청소도 뜸해지고 음식도 허술해진다. 그레고르는 끝내 소외된 채 가족들을 회상하면서 죽어간다.

가족이란 무엇일까? 가족이 이전과 다른 존재가 된다 해도 우리가 그를 끝까지 사랑하고 아낄 수 있다고 장담할 수 있을까?

아빠가 수술 후 암 병동에 입원했을 때, 나는 처음으로 간병이라는 것을 하게 되었다. 한 번도 생각해보지 않은 일이었고 구체적으로 어떤 일을 해야 하는지 전혀 아는 바가 없었다. 간병하면서 본 환자들은 병원 밖을 오가는 활기찬 사람들과는 이미 다른 존재가 되어 있었다. 치명적인 병에 걸린 순간부터 그들은 일상을 살아가는 사람들과 분리되어 존재하고 생활해야 하는 것처럼 보였다. 암 병동에선 병원 밖에서는 본 적도 없고 들은 적도 없는 상황이 일상으로 이어졌다. 어떤 병동에선 안색이 회색에 가까운 환자들이 수시로 지나다녔다. 병원 지하 매점에 가면 오렌지색 얼굴의 환자가 주치의 몰래 허겁지겁 컵라면을 먹는 모습도 보였다. 암 병동에서 몇 주쯤 지내다보니 환자의 얼굴색만 봐도 어느 병동에서 왔겠구나…… 하는 짐작이 가능해질 정도였다. 점심 먹고 산책을 다녀왔다며 밝게 인사하던 환자가 몇 시간 후 갑자기 숨을 거두는 일도 목격했다. 하루에도 몇 번씩 코드블루를 외치는 안내방송이 나왔고 죽어가고 있다는 것을 알면서도 희망의 끈을 놓지 않는 사람들의 처연한 눈빛을 밤낮으로 목격해야 했다.

아빠의 투병 기간 동안 나는 가족에 대한 막연한 관념을 깨고 현실을 바라보게 되었다. 수술 후 아빠의 상태는 경과를 예측하기 어려웠고 안정적이다가도 새로운 증상들이 나타나 우리를 가슴 졸이게 했다. 하루는 기대로 들떴다가 다른 하루는 체념과 비관이 잠식하기를 반복했다. 아빠의 경우, 보호자 세 명(엄마, 언니, 나)이 번갈아가며 돌봄을 이어갔지만 그것마저도 쉬운 일은 아니었다. 주변을 돌아보면 아픈 부모님을 모시고 병원을 드나드는 건 대부분 딸의 몫이다. 각자의 몫을 하며 가정과 병원을 오가다가 교대 시간이 되면 언니와 나는 병실에 마주 앉아 이런 이야기를 했다.

- 와! 대한민국 딸들, 진짜 고생이 많다.

아빠가 탄 휠체어를 밀고 병원 로비를 오갈 때 같은 상황에 놓인 수많은 딸들과 눈을 마주치곤 했다. 굳이 말하지 않아도 안쓰럽게 바라보는 눈빛을 서로 주고받기도 한다. 이미 1년 전에 아픈 아버지의 돌봄 생활을 시작한 지인은 매달 들어가는

간병비와 병원비, 약값만 400만 원에 이른다고 했다. 그녀는
결혼하지 않았고 다행히 벌이도 나쁘지 않아 그 비용을 1년째
감당하고 있었다. 한번은 그녀가 이런 말을 했다. 기약 없는 그
돌봄이 너무나 무섭다고. 몇 달 후, 지인의 아버지가 돌아가셨
다. 나는 위로의 말을 건네야 할 것 같아서 조심스럽게 전화를
걸었다. 무슨 말을 할까, 말을 아끼고 있을 때 그녀가 먼저 이
렇게 말했다.

- 경희야, 나 이제 살았어.

처음엔 내가 잘못 들은 줄 알았다. 그런데 한숨을 길게 내쉰
그녀가 같은 말을 한 번 더 했다. 그제야 나는 그 말이 진심이
라는 것을 알아차렸다. 이제 살았다는 말, 누가 그녀를 나쁘다
고 말할 수 있을까? 그리고 자신에겐 그런 일이 생기지 않는
다고 누가 장담할 수 있을 것인가? 외부의 도움 없이 환자를
돌본다는 것은 흔히 생각하는 것처럼 끈끈한 가족의 사랑만
으로 할 수 있는 성질의 것이 아니다. 돌봄을 전담하다 지쳐나
가 떨어지는 일은 예삿일이며 기적 같은 회복이란 거의 불가
능하기 때문이다. 죽음으로 가는 길에서 많은 환자들이 자신
의 힘으로 먹고 배설하지 못하는 비참함을 겪는데 돌봄이란

그 지난한 과정에 익숙해지는 것이다. 덩달아 일상이 무너지고 롤러코스터를 탄 것처럼 감정이 수시로 오르내린다. 결코 쉽지 않은 일이다. 누구라도 마찬가지다.

카프카의 소설 《변신》에서 벌레로 변한 주인공 그레고르의 모습을 본 가족들은 처음에는 그를 안쓰럽게 생각했다. 어머니는 쓰러지고 아버지는 증오심에 불타는 눈빛으로 주먹을 쥐었다. 여동생은 놀라서 어쩔 줄 몰라 문을 닫았다. 가족들은 벌레로 변한 그레고르를 위해 처음에는 세심하게 먹을 것을 챙기고 방을 청소해주기도 했다. 하지만 결국 가족들은 변해간다. 급기야 여동생은 이렇게 말했다.

- 이 짐승은 오빠가 아니에요. 이쯤에서 없애버려야 한다
  고요.

그녀의 말은 곧 그에게 사망선고가 된다. 카프카의 《변신》을 다시 읽으며 나는 가족에 대해, 돌봄에 대해 다시 한 번 생각했다. 그레고르가 쓸모없게 되자 가족들은 그를 냉대하고 귀찮은 존재로 취급했다. 그가 죽어도 연민의 정은 전혀 없었고 오히려 홀가분해 하기까지 했다. 그레고르는 그날 밤 가족

들을 회상하면서 죽어간다. 죽음, 죽어감이란 누구도 대신해 줄 수 없는 외롭고 고독한 시간이다. 그리고 아무리 미화한다 해도 돌봄이란 진이 빠지는 일이 분명하며 누구에게나 다가올 미래다. 돌봄의 사회화가 이뤄지지 않으면 나도 당신도 그레고리처럼 되지 않는다고 장담할 수 없다. 너무 쓸쓸하고 아프지만, 이것이 삶의 리얼리티다.

마지막 커피

나는 커피를 좋아한다. 딱 커피 체질이라고 말할 순 없겠지만 하루도 커피를 마시지 않고 살아본 날이 없으며, 말 그대로 커피를 늘 달고 살았던 것이 사실이다. 30대 한창 일할 땐 커피를 하루에 10잔 정도 마셨다. 그렇게 마셔도 잠을 못 자는 것도 아니어서 아침저녁 할 것 없이 커피를 수시로 찾아마셨다.

커피중독.

그런데 시작이 있으면 끝도 있다고 작년에 드디어 몸에 문제가 생겼다. 한의원 선생님 말을 빌리자면 이랬다.

- 위가 멈췄어요. 대체 커피를 얼마나 마신 겁니까?

모든 일이 그렇듯 발병이라는 것이 얼마나 무서운지, 임계점에 이르기 전날까지도 커피를 수도 없이 마셔대던 나는 그날 이후 커피를 한 모금도 마실 수 없는 지경에 이르렀다. 아니, 커피를 마시고 싶다는 생각도 들지 않았다. 커피는커녕 밥을 먹기도 힘들어졌고 난생처음으로 몸무게가 줄어드는 희한한 경험을 했다. 한 달 만에 무려 10킬로그램이 빠지면서 몰라보게 핼쑥해진 나는 그 좋아하던 커피를 단박에 끊어야 했다. 두 달 동안 한의원에서 침을 맞고 약을 지어 먹어야 했으며, 기력이 쇠해져 일상생활도 벅차기 시작했다. 단 한 번도 밥맛을 잃어본 적이 없던 나였으니 처음 맞이한 그 상황은 참담함 그 자체였다. 그렇게 다이어트를 소원했건만 막상 아파 보니 그것이 얼마나 부질없는 일인지도 알게 되었다. 그저 원하는 것이라고는 밥을 맛있게 먹고 커피를 마시는 일상으로 돌아가는 것뿐이었다.

그렇게 3개월이 흘렀다. 몸이 나에게 말했다.

넌 더 이상 30대가 아니야.

아마도 경고를 날리고 싶었던 것 같다. 커피를 줄였고 요가를 시작했으며 밥을 천천히 먹는 습관을 들였다. 다행히 3개월 만에 몸은 천천히 회복되었다. 전처럼 밥맛이 살아났고 몸무게 또한 빠진 10킬로그램에 정확히 2킬로그램을 더해 예전의 풍성한 내 모습으로 돌아왔다. 당연히 커피도 다시 마시게 되었다. 다만 전처럼 10잔씩 마시지는 않고 하루에 두세 잔 정도만 마신다.

나는 이렇게나 극과 극을 오가는 사람이다. 적당히 마시고 적당히 먹고 적당히 몸을 관리하면서 사람들과도 적당히 관계를 맺는 것은 애당초 나와 어울리지 않는 일이다. 좋아하는 것이 있으면 몸이 상할지라도 끝까지 파고든다. 누굴 닮았나 했더니 딱 아빠의 모습이다. 그는 극과 극을 오가는 성격파의 원조니까.

커피 또한 그러했다. 아빠는 돌아가시기 전까지 음식은 입에 대지도 못하면서 커피만은 한 컵씩 가득 따라 마시곤 했다. 암 환자에게 커피를 드리는 것이 맞는지 고민을 안 한 것은 아니었지만 아빠의 고집은 막을 수 없었다. 아빠가 그토록 커피를 좋아한다는 사실을 나는 무심하게도 발병 이후에야 알게 되었다. 자식은 그런 존재들이다. 그들이 뭘 좋아하는지, 어떤 인생을 살았는지 아무것도 모르면서 함부로 평가하고 정의 내린다. 애당초 받은 사랑을 돌려드릴 마음도 없었고,

끝내 자기가 최고인줄 알고 지내다 그들이 사라지고 난 뒤에야 발등을 찍는 심정이 된다……. 바로 내 이야기다.

2018년 봄, 아빠를 인터뷰하기로 하고 함께 카페에 갔다. 마주 앉은 그 시간이 처음엔 어찌나 불편하고 어색하던지 주문한 음료가 빨리 나와 주기만을 바랐던 것 같다. 잠시 후, 우리 앞에 놓인 검고 따뜻한 커피 두 잔. 아빠는 커다란 머그컵에 담긴 뜨거운 아메리카노를 "후후" 두어 번 불고 나서 음미하듯 커피를 마셨다. 처음엔 커피 향을 즐겼고 그 다음엔 커피 맛을 즐겼으며 마지막으론 만족스러운 표정을 지으셨다. 그게 그렇게 폼이 날 수가 없었다. 아마도 그때 처음으로 알게 된 것 같다.

아빠가 커피를 좋아하시는구나!
우리 아빠가 참 폼 나는 사람이구나!

봄이 한창인 5월에서 초여름으로 이어지는 7월 초까지, 아빠와 나는 일주일에 두 번씩 동네 카페에서 만나 두어 시간 동안 뜨거운 커피를 마시며 이야기를 나눴다. 공간 때문인지 커피 때문인지 집에서는 도저히 나눌 수 없는 이야기들이 술술 잘도 이어졌다. 아빠는 커피를 마시고 잔이 비워지는 동안

자신이 살아온 인생 이야기를 하나둘씩 털어놓았고, 나는 그 것을 녹음했다. 처음으로 아빠를 가족의 일원이 아닌 한 남자, 한 사람으로 바라볼 수 있었던 시간이었다. 그리고 그것이 얼 마나 의미 있는 일인지 뒤늦게나마 알게 되었다. 물론 커피를 함께 마신다고 해서 누구나 자식에게 자신의 과거를 다 털어 놓을 수는 없을 것이다. 그런데 아빠는 좀 의외였다. 좋은 건 좋은 대로, 나쁜 과거는 또 그런대로 숨김없이 자신의 이야기 를 들려주었다. 그런 면에서 그는 참으로 용기 있고 순수한 사 람이다. 나도 그럴 수 있을까? 글쎄, 생각해보니 그건 자신이 없다.

아빠가 돌아가시기 정확히 한 달 전, 우리는 호수공원 근 처의 한 카페에 갔다. 하루 종일 집안에만 있는 아빠가 답답 해 보였고 카페라는 공간에 가면 조금이나마 기분이 나아지 지 않을까 싶어서였다. 아빠는 뜨거운 커피를 대형 사이즈로 주문했다. 아빠가 조금이라도 드셨으면 하는 마음에 티라미 수 케이크와 파이 등도 주문했지만 그런 것들은 입에 대지도 않으셨다. 대신 커피는 두 번이나 가득 따라서 한 모금도 남기 지 않고 다 드셨다. 커피가 투병 중인 아빠의 몸에 도움이 될 리는 없겠지만 우리는 그런 것들은 생각하지 않기로 했다. 커피를 몇 잔 덜 마신다고 해서 아빠가 백만 년을 더 살 수 있는 것도 아니고, 이 한 잔을 더 마신다고 해서 당장 잘못된다고 생각하고 싶지도 않았기 때문이다. 그저 아빠는 지금 커피 한 잔이 필요했다. 그리고 우리는 커피라도 잘 드시는 아빠의 모습이 말도 못 하게 좋았다.

- 아빠, 커피 괜찮아요?
- 응, 아주 맛있다.

커피 한 잔을 다 비우고 아빠는 잠시나마 눈이 반짝 빛났다. 그날 카페를 나와 우리는 조금 걸었고, 숨을 돌리기 위해 공원 벤치에 앉아 지나가는 사람들을 바라보았다. 그것이 마지막이다. 그날 이후로 아빠는 더 이상 카페에 갈 수 없었다.

투병 중에도 아빠는 좋고 싫은 것이 명확했다. 몸에 좋은 거라고 아무리 설득해도 자신의 마음이 움직이지 않으면 입에 대지 않았다. 그때는 아빠의 고집에 솔직히 좀 짜증이 났던 것도 사실이다. 하지만 돌이켜보면 그것은 아빠의 자존심이었다. 아빠는 끝까지 지키고 싶은 어떤 포즈가 있었던 것 같다. 밥은 먹지 않아도 커피 정도는 마셔주어야 하는 것, 끝내 포즈 잡는 것을 놓지 않았던 아빠를 이제는 이해할 수 있다.

왜냐하면 아빠에게는 폼이 전부였으니까. 인생이 뜻대로 안 풀려도 아빠의 포즈를 유지시켜 주는 것이 아마도 커피가 아니었을까? 검고 뜨거우며 향기로운 커피 한 잔은 언제 생을 마감할지 모르는 불안한 아빠에게 유일한 희망이었을지도 모르겠다. 세월이 많이 흘러 아빠처럼 나도 생을 마감하는 순간이 되면, 커피 한 잔을 찾을 것 같다. 왜냐하면 나는 아빠 딸이니까. 그날 카페에서 생의 마지막 커피를 마시고 미소 짓던 아빠의 얼굴이 지금도 눈에 선하다.

마지막 호흡

오전 10시 43분. 아빠의 숨이 멎었다.

그 전날 우리 삼 남매는 아빠의 병실에서 밤을 같이 보냈다. 호스피스 병실로 옮긴 뒤로 호흡이 느려지고 불규칙적이라 밤에도 가족들이 지켜봐야 했기 때문이다. 그곳에선 통증을 완화하는 치료를 받는 것이 주가 되었는데 그때부터는 24시간 진통제를 투여하기 시작했다. 아빠는 가끔 눈을 뜨고 우리를 알아보던 것마저도 희미해졌고 의식이 돌아오는 시간도 거의 사라졌다. 그 와중에도 나는 아빠가 돌아가실 거라고는 믿기지 않았다. 아빠에게는 죽음이 다가오고 있는데 나는 아빠가 아직은 가지 않았으면 좋겠다는 이기적인 생각을 했던 것 같다.

마지막이 다가오는 순간까지 의식은 희미해도 소리는 들린다는 말을 누군가 해주었다. 그날 밤, 우리는 늦도록 옛날이야기를 했다. 다른 사람은 모르는 우리 가족만 아는 그런 하찮은 이야기들이었다. 아빠가 퇴근길에 사 오던 생도넛과 팥빵, 수박에 관한 이야기를 했고 우리만 알고 있는 아빠의 습관들을 이야기하며 키득거리고 웃었다. 아빠는 여전히 미동도 하지 않았다. 호흡이 간혹 불규칙해지긴 했지만 그런대로 안정적이었다. 그렇게 깊은 밤이 지나가고 이런저런 이야기를 나누다 우리는 까무룩 잠이 들었다. 그리고 아침이 밝았다.

눈을 뜨면 아빠의 호흡부터 살폈다. 하아, 하아, 옅고 약하지만 아빠의 숨소리는 규칙적으로 들려왔다. 언니가 잠을 깨라며 커피를 사왔고 나는 졸린 눈을 비비며 커피 한 잔을 비웠다. 그러고도 배가 고픈 나머지 크림빵 한 개를 순식간에 먹어치웠다. 그때까지는 전날과 똑같았다. 그런데 오전 10시가 넘어갈 무렵, 갑자기 아빠의 호흡이 가빠지기 시작했다. 아빠가 밤새 우리를 기다려 준 거라는 생각이 미치자 눈물이 고였는데 울 상황도 아니었고 울어서도 안 되는 일이었다. 우선 전날 밤 집에 간 엄마에게 전화를 걸어 아빠의 상태를 알렸다. 평생을 좋은 사이로 살지는 못했어도 마지막 인사는 해야 한

다고 생각했기 때문이다. 우리가 아는 아빠는 엄마를 기다릴 사람이다. 호스피스 병실로 옮기기 전, 그나마 의식이 남아 있을 때 아빠는 엄마에게 "미안하다"고 말했다. 그리고 유언처럼 남긴 말은 단 한 마디였다.

- 네 엄마에게 잘해라. 불쌍한 사람이다.

아빠의 호흡 간격이 점점 짧아졌다. 시간이 얼마 남지 않았다고 느껴지자 마음이 조급해졌다. 자식이란 얼마나 어리석은 가. 40년이라는 긴 시간이 있었지만 다 허비해버리고 이제 와서 전전긍긍하는 꼴이었다. 잠시 후 엄마가 도착했고, 아빠는 엄마가 "나 왔어"라고 말하는 바로 그 순간 숨을 멈췄다.

나는 그 숨을 정확히 목격했다. 아주 가늘고 옅게 이어지던 호흡이 마지막 한 줌의 숨을 "후—" 내뱉으며 멈추는 것을. 그러고는 끝이었다. 한 생애가 마지막 숨을 내쉬면서 마침표를 찍은 것이다.

분명히 숨은 멎었는데 아빠는 거기 그대로 있었다. 잠시 후, 간호사 선생님을 부르자 주치의가 도착해 아빠의 임종을 확인했다. 그런 순간은 TV 드라마에서 익히 봐오던 장면과 크게 다르지 않았다. 다 살았으니 가야 하는 건 당연한 일인데,

머리로는 납득하면서도 마음으로는 받아들여지지 않았다. 왜 냐하면 아직 거기에, 그대로 아빠가 있었기 때문이다.

우리는 간호사 선생님께 이대로 조금만 있고 싶다고 이야 기했다. 숨이 멎은 아빠지만 곁에 누워 있고 싶다는 생각이 들었다.

사춘기가 지나면서 거리감이 생기기 전에 나는 가끔 아빠 가 해준 팔베개에 누웠던 기억이 있다. 풍채가 좋은 아빠는 어깨와 가슴이 꽤 넓다. 자주 있는 일도 아니었는데 아빠는 아주 잠깐씩만 팔을 내어주었다. 그나마도 막내인 내게만 가능한 일이었다. 길게 누운 아빠는 팔을 내어주고는 눈을 감은 채 콧노래를 흥얼거렸다. 대게는 흘러간 가요였는데, 나는 지금도 아빠의 비음 섞인 음성과 몸의 흔들림, 까딱까딱 박자를 맞추던 발끝의 움직임까지 생생히 기억한다. 아빠의 팔을 베고 누워서 가만히 그를 올려다본 적이 있다. 아빠가 무슨 생각을 하는지 도통 알 수가 없었다. 눈은 반쯤 감겨 있었고 노래만 흥얼거릴 뿐 입술은 꼭 다문 상태였기 때문이다. 아빠는 내가 올려다보는 걸 눈 감고도 아는지 머리를 몇 번 쓰다듬어 주셨다. 좀 지나자 팔베개를 하고 누운 이 상황이 나는 금세 지루해졌다. 몸을 일으키는 순간, 아빠가 "훅—" 한숨을 내쉬었다. 그때는 아빠의 그 한숨이 무슨 의미인지 알리도 없고 관심도 없었다. 그렇게 딸이 모르는 아빠의 한숨은 계속되었을 거다.

80세가 넘은 아빠의 숨이 이토록 소중한 거였다는 걸 마흔 살이 훌쩍 넘은 딸은 이제야 알 것 같다. 숨이 멈춘 아빠의 코 끝은 미동도 하지 않았다. 뒤늦게 쏟아지는 눈물을 참을 수 없었다. 팔베개를 해주던 아빠의 마음, 뭔가 더 해주고 싶지만 해줄 게 없어서 나오던 그 한숨들이 이제야 다 보이기 시작했다. 아빠의 숨이 멈춰진 후 우리는 병실에서 한 시간 정도를 그대로 있었다. 잠든 모습 그대로 누워 있는 아빠의 가슴에 얼굴을 대보았다. 손끝은 조금 식었지만 아직 가슴은 따뜻했다. 투병으로 많이 야위었지만 그럼에도 아빠의 가슴은 여전히 넓었다. 다신 이토록 넓은 가슴에 안길 일이 없다는 사실이 선명하게 다가왔다. 돌이켜보니 받은 사랑만큼 아빠에게 돌려준 것이 하나도 없이 나는 아빠를 잃었다. 돌이킬 수 없는 일이지만 몹시 후회가 된다.

아빠의 마지막 호흡을 목격한 그날, 나는 인생의 중요한 비밀 하나를 알아버렸다. 세상에서 가장 소중한 것을 잃어버린 사람이 되었다는 사실 말이다. 몹시 이기적인 나는 그제야 아

빠에게 등 돌린 세월이 후회되었다. 그렇게 나는 아빠의 죽음
앞에서야 겨우 겸손해졌다.

아버지는 변명하지 않는다,
다만 사라질 뿐

엄마는 아빠가 자식들에게 남겨준 게 없다는 말을 지금도 가끔 한다. 아빠가 재산을 남기지 않았기 때문일 거다. 하지만 나는 아빠가 재산을 남기지 않고 떠난 것이 더없이 멋진 일이라고 생각한다. 아빠는 재산만이 아니라 어떤 빚도 남기지 않았다. 원래 빈손으로 왔다 빈손으로 가는 거라는 걸 몸소 보여준 셈이다. 대신 아빠는 자식들에게 흔적을 남겼다. 거울을 볼 때마다, 언니와 커피를 마시거나 오빠의 사진을 볼 때마다 나는 깜짝깜짝 놀라곤 한다. 내 눈에, 언니의 얼굴에, 오빠의 입에 아빠가 담겨 있기 때문이다. 그건 아빠가 사라졌어도 사라지지 않을 것들이다. 이처럼 아빠가 남겨준 것은 대부분 눈에 보이지 않지만 존재하는 것들이다. 아빠가 남겨준 또 하나의 유산은 삶의 태도다. 아빠는 행복하고 아름다운 세계는 가만히 기다린다고 만날 수 있는 게 아니라 직접 뛰어들어 만들어야 한다는 것을 알려주었다. 물론 아빠는 내게 한 번도 그런 말을 한 적이 없다. 자식을 앉혀 놓고 이렇게 살아라, 저렇게 살아라 하며 훈계한 적도 없으니 말이다.

내가 보기에 아빠는 그저 당신의 인생을 살았다. 어떻게 해야 하루하루가 즐거울 수 있는지 아는 사람이었고 실제로 삶이 그러했다. 그러니 지인에게 사기를 당해도 며칠이면 툭툭 털어버리고 놀러 나갈 수 있었고, 친한 사람에게 배신을 당해도 그를 탓하거나 분해하지도 않았다. 좋게 말하면 한량이었지만 엄마의 표현대로라면 아빠는 무능한 가장이었다. 놀기 좋아하는 아빠는 택시 운전이 지긋지긋했다. 그러다 건설업이 호황일 때 역시나 남의 이야기만 듣고 중장비업에 손을 댔다. 귀 얇은 사람들의 최후가 늘 그렇듯 아빠는 IMF 시기를 맞아 모든 것을 날려버렸다. 받아둔 어음은 휴지 조각이 되었고 한량 같은 아빠의 얼굴에도 핏기가 사라졌다. 얼마 지나지 않아 집과 가구 등에 이른바 '빨간 딱지'로 불리는 압류 스티커가 붙었다. 우리 집이 곧 남의 손에 모두 넘어가게 되는 거라고 했다. 고향에서 맨주먹 쥐고 올라와서 서울에 근근이 마련한 집이었다. 엄마는 뒤돌아 울었고, 식구들은 모두 뿔뿔이 흩어질 상황에 놓였다. 아빠는 우리에게 아무 말도 하지 않았다. 그때 아빠가 '미안하다'라는 4음절의 말을 우리에게 건넸다면 그를 미워하지 않고 살 수 있었을까?

때마침 취업에 성공한 나는 회사에서 전세 대출을 받아 독립이란 것을 했다. 오빠는 백방으로 뛰어다니며 기울어진 아빠의 사업 뒷정리를 하느라 정신이 없었다. 집이 완전히 경매로 넘어갈 때까지 오빠는 빈집을 지켰고, 그즈음 아빠와 엄마는 고향 근처로 내려가 식당을 열었다. 잘 살아보겠다고 서울로 올라간 지 30년 만의 일이었으니, 결론적으론 몹시 초라한 귀향이었다.

그 당시 내 회사 생활도 녹록지 않았다. 하루에도 열두 번은 때려치울 마음이 들었다. 하지만 월급날 통장에 찍힌 숫자를 확인하면 그만둘 수가 없었다. 아빠와 엄마는 구석진 시골의 한물 간 '가든'에서 닭백숙을 고아 팔았다. 막내딸이 대기업에 다닌다고 좋아했기 때문에 사표를 낼 수는 없었다. 가족 중 누구도 그간의 일을 입에 올리지 않았지만, 우리 모두에게 기나긴 상처의 시간이었다.

그렇게 1년 정도의 시간이 흘렀다. 한 달에 두 번, 아빠와

엄마가 일하는 식당에 가서 하룻밤을 자고 도시로 돌아오는
게 당시 내 일과였다. 그때 본 아빠의 모습은 재산을 탕진한
사람 같지 않았다. 활기에 찼고 자신감이 있었으며 무엇보다
즐거워 보였다. 엄마는 나를 붙잡고 하소연하곤 했다.

 - 느이 아빠란 사람은 다 날려먹고도 저렇게 아무렇지도
   않다. 사람이 양심이 있어야지. 어떻게 저럴 수가 있니,
   응?

엄마 말론 아빠는 식당 점심 장사가 끝나면 좋은 옷으로 갈
아입고 시내로 놀러 다녔다. 친구를 만나 다방도 가고 커피도
한 잔씩 샀을 것이다. 아빠는 곧 죽어도 남에게 커피를 쉽게
얻어 마시지 않는 사람이다. 세상에 공짜는 없는 법이니까. 엄
마는 그런 상황에서도 삶의 즐거움을 놓지 않는 아빠를 도무
지 이해할 수 없다고 했다. 회사 생활이 힘에 부치던 나도 엄
마의 의견에 동조했다. 가족들을 곤경에 처하게 해놓고 아빠
는 어떻게 아무렇지 않을 수가 있지? 엄마 말로는 잠도 잘 자
고 식사량도 예전보다 더 했으면 더 했지 입맛을 잃어본 적이
없는 사람이라고 했다. 그때 엄마가 가장 많이 했던 말은 "그
러고도 인간이니?"라는 한 마디였다. 나 역시 고개를 가로저

으며 이런 생각을 했다.

아빠는 진짜 이기적인 사람인 거 아닌가?
평생을 자기 자신밖에 모르는 사람이야.

나는 수십 년간 그렇게 생각하며 살았다. 어떻게 그럴 수 있
냐고 한 번도 묻지 않았고 아빠 역시 아무런 변명도 하지 않
았기 때문이다. 그런데 아빠의 숨이 멈췄을 때, 나는 내 생각
이 틀렸다는 것을 비로소 깨달았다. 아빠는 그저 받아들인 거
였다. 이미 벌어진 일이었고 돌이킬 수 없는 일이니 가족들이
자신을 어떻게 생각하든 변명하고 싶지 않았던 것 같다. 그런
연유로 나는 한때 아빠를 투명인간 취급했다. 집에 돌아왔을
때 거실에 우두커니 앉아 있는 아빠의 모습이 그냥 싫었다. 왔
냐고 묻는 아빠에게 눈도 마주치지 않고 휙 들어가 버린 적도
여러 번이다. 아빠는 어차피 모를 거라고 생각했다. 내가 버릇
없이 군다고 쫓아 들어와 추궁한 적도 없고 "이놈의 자식!" 하
며 나를 나무라지도 않았다.
돌이켜보니 아빠는 나를 있는 그대로 사랑했는데, 나는 아
빠를 있는 그대로 사랑하지 않았다는 생각이 든다. 놀기 좋아
하는 것도 아빠고, 귀가 얇은 것도 아빠이며, 남을 탓하지도,

변명하지도 않는 것이 아빠라는 사람인데 말이다. 아빠는 이래야 한다는 공식이 있는 것도 아닌데, 한두 가지의 단점만 보던 나는 아빠의 수많은 장점을 보지 못했다. 그렇다, 명명백백한 나의 실수였다.

이제야 미처 몰랐던 아빠의 모습이 뭉게뭉게 떠오른다. 가족들이 외면할 때 아무렇지 않게 돌아서던 모습, 우연히 길에서 만났을 때 반가우면서도 다른 볼일이 있다며 서둘러 멀어지던 모습, 가족이 모여 식사할 때 나중에 먹겠다며 방으로 들어가시던 모습들 말이다. 아빠는 자신이 어떤 사람이라고 단한 마디도 변명하지 않은 채, 그대로 할아버지가 되어버렸다. 어느 날부턴 염색을 포기하고 백발이 되었으며 하루 종일 집에서 붓글씨를 쓰고 그림을 그렸다. 그토록 술 좋아하고 놀기좋아하던 사람이었는데 말년에는 마치 성인군자처럼 하얀 사람이 되어 있었다.
아빠의 진짜 모습은 어떤 것이었을까?
묻고 싶은 말은 많지만 말길이 끊긴 아빠는 대답이 없다.
아버지들은 변명하지 않는다.
하얀 사람이 되어, 다만 사라질 뿐이다.

죽음의 모습

아빠의 숨이 멈춘 이후, 모든 것은 지극히 자연스럽게 흘러 갔다. 간호사 선생님과 주치의가 다녀가고, 짐을 정리하고 장 례식장에 전화하는 일까지 누군가 맡아서 해주는 사람은 늘 있게 마련이다. 형부가 이런저런 일들을 정리하는 동안 어쩐 지 우리 남매들은 아무것도 할 수가 없었다. 이런 상황 자체가 갑자기 받아들여지지 않았기 때문이다. 장례식장에 도착하자 안내 게시판에 아빠의 사진이 걸렸다. 그 사진이 거기 걸려 있 는 것이 너무 낯설었지만 무덤덤하게 조문객을 맞았다. 왠지 그래야 할 것 같았다. 이 불행이 진짜 불행인지, 가짜인지 도 무지 판단이 서지 않았다.

마흔이 넘도록 누군가의 죽음을 직접 경험해보지 못했던 나는 아빠의 입관식을 앞두고 당황했다. 다른 곳에서는 몰라도 가족들 사이에서 나는 틀림없는 막내였다. 이 상황을 담담하게 버텨주는 오빠와 장녀다운 언니 사이에서 나는 그냥 내 마음 내키는 대로 했다. 처음 본 입관식은 생각만큼 두려운 일은 아니었다. 아빠의 마지막 모습을 상상해본 적은 없었는데 아빠가 생각보다 편안하게 누워 계셔서 나까지 마음이 편안해졌다. 그냥 주무시는 모습 그대로였다. 1년 동안 투병하면서 고통받는 모습을 봐온 나로서는 아빠가 더 이상 아프지 않을 수 있어 다행이라는 생각도 들었다.

마지막으로 돌아가면서 아빠에게 인사를 했다. 아빠 품에 잠깐 몸을 겹쳤는데 갑자기 이 현실을 믿기 싫어졌다. 거기서 나는 그만 울음이 터지고 말았다. 장의 일을 해주시는 분이 나에게 조용히 이렇게 말했다.

– 그러면 아버지가 가시면서 속상하십니다.
너무 울면 안 돼요.

누군가 그런 말을 했던 적이 있다. 막내의 울음소리는 저승에서도 들린다고. 아빠가 항상 나를 보며 했던 말은 우리 딸,

우리 경희, 우리 막내딸이었다. 수십 년간 듣고 자란 다른 말들은 하나도 생각나지 않는다. 그러고 보면, 부모가 자식에게 해야 할 말은 이 세 마디 정도면 충분한 게 아닐까 싶다. 아빠는 최대한 짧게, 자질구레한 말은 다 생략하고 꼭 해야 할 이 말은 아끼지 않고 내게 주었다.

  - 우리 딸 대단하네.
    우리 경희가 역시 다르다니까!
    우리 막내딸이 최고지!

  화장장에 도착하자 그곳은 이미 다른 영구차와 버스들로 만원이었다. 아빠를 실은 관을 옮겨야 하는데 친척 어른이 없는 우리 집에서는 아이들이 그 역할을 해야만 했다. 가장 큰아이가 고1, 중2 한 명과 중1인 쌍둥이가 전부였다. 오빠가 영정 사진을 들고 맨 앞에 섰고 남자 아이들 네 명이 아빠의 관 한 귀퉁이씩을 맡아서 들었다. 어디를 둘러봐도 아이들이 관을 드는 경우는 없어서 우리 쪽으로 사람들의 시선이 쏠렸다. 아이들도 자기가 중요한 일을 맡았다는 걸 인지했는지 그 어느 때보다 진지했다. 아빠가 우리에게 그랬던 것처럼 우리는 굳이 똑바로 하라며 가르치지 않았다. 그런 건 말하지 않아도 느낄 수 있는 부분이다. 아이들은 온 힘을 다해 아빠의 관을 들었고 끝내 그것을 잘 해냈다.

아빠의 관은 2층 23화로 13번에 배정되었다. 그것을 보자 가슴이 '쿵' 하고 내려앉는 것 같았다. 여태 화장은 당연한 절차라고 생각했는데 아빠의 몸이 영원히 사라져버린다고 생각하니 갑자기 얼굴이 훅 달아오르는 것 같았다. 이제 잠시 후면 내가 알던 아빠의 모습은 온데간데없이 사라진다는 사실이 영 믿기지 않았다. 마음이 아프고 먹먹했다. 그제야 이 모든 것이 실감이 났다.

이제 아빠를 보고 싶어도 영원히 볼 수 없게 되겠구나!

아빠를 실은 관이 전기 화로 속으로 내려갔고 잠시 후 '소각 중'이라는 등이 켜졌다. 예상시간이 한 시간 정도라 우리는 2층의 대기실로 자리를 옮겼다. 대기실 방에는 작은 TV가 각각 걸려 있는데 모니터에 아빠의 이름과 '소각 중'이라는 문구가 떠 있었다. 장례식 3일 동안 내내 너무 지친 터라 가족들 모두 그 방에 흩어져 바닥에 등을 뉘였다. 조금 전의 진한 슬픔도 잊고 스르르 절로 눈이 감겼다.

얼마나 지났을까. 모니터 화면에 '소각 완료'라는 문구가 떴다. 우리는 누가 먼저랄 것도 없이 벌떡 일어났다. 더는 피할 수 없이 아빠의 죽음을 확인해야 할 시간이었다. 아빠가 숨을 멈추었을 때에도 아빠는 거기에 있었다. 입관식에서도 좋은 옷을 입고 주무시는 듯 누워 있는 아빠의 모습이 거기 있었다. 그런데 이곳에서 아빠는 뼛가루로 변해 있었다. 화장장 직원이 확인해준 그 입자들은 너무나 고와서 도무지 사람의 것이라고는 믿기지 않았다. "저게 아빠라고?"라는 말이 입에서 튀어나왔다. 아빠의 뼛가루 속에는 쇠붙이가 하나 섞여 있었다. 몇 년 전, 심장 수술 당시에 삽입한 심장 스탠스였다. 그러니까 몸속 쇠붙이 한 개를 빼고 아빠의 형체는 모두 사라진 거였다. 나는 사람이 있다가 없어질 수 있다는 사실을 처음 눈으로 확인했다. 이제 다시는 아빠의 모습을 확인할 수 없다는 사실이 그제야 머릿속에 훅 각인되었다.

아빠가 암 판정을 받고 암 병동에 입원했을 때부터 나는 줄곧 죽음에 대해 생각했다. 수술 후 치료를 받기 위해 그 병원을 오가는 네 번의 계절 동안 아빠가 죽을 수도 있다는 것, 혹은 아빠가 죽어가고 있다는 사실도 미리 생각하고 또 생각했다. 그리고 아빠의 호흡이 멈춰진 그날, 아빠가 돌아가시는 과정을 쭉 지켜본 나는 죽음을 어느 정도 알고 있다고 생각했다. 그런

데 아니었다. 그건 죽어가는 과정일 뿐 죽음이 아니었다. 내가
본 죽음의 모습은 너무나 이상하고 노련한 거짓말 같았다.

새벽 3시의
김치볶음밥

　열흘이 훌쩍 지나갔다. 새벽 두시 반, 나도 모르게 눈이 번쩍 떠졌다. 꿈을 꾼 것도 아니고 무슨 소리를 들은 것도 아닌데 이상하고 묘한 느낌이 들면서 스르르 눈이 떠졌다. 사방이 고요하고 적막했다. 무슨 기척이 있었던 것도 아니고, 무언가를 본 것도 아닌데 그냥 아빠가 거기 있는 것 같은 느낌을 받았다.

　가슴이 답답했다. 슬프다는 간단한 표현만으로는 부족했다. 처음으로 그리움이 어떤 감정인지 뼈저리게 느꼈다. 19시간의 수술을 견디고 나오던 아빠의 모습, 약해진 몸으로 느릿느릿 걷는 아빠의 발걸음, 마지막 호흡과 죽음의 과정을 겪는 고

독하고 슬픈 눈빛 등이 자꾸 생각이 났다. 그런데 이상하게도 건강했을 때의 아빠 모습이 잘 기억나지 않았다.

  결국 다시 잠이 들지 못하고 뒤척거리다 거실로 나갔다. 불을 켜고 소파에 길게 누워 휴대폰을 뒤적거렸다. 인터넷 가십거리를 클릭하고 유튜브 방송을 보며 잠깐 피식 웃기도 했다. 세상은 여전히 잘 돌아가고 있었다. 아빠를 잃은 건 그냥 내 일일 뿐이었다. 병원이든 어디든 머리만 대면 곧바로 잠이 들던 내가 왜 이러고 있을까? 아마도 이제야 실감이 나기 시작한 것 같았다. 발인까지 마치고 집으로 돌아와서는 며칠 내내 잠만 잤다. 1년 동안 병원과 집을 오가며 몸도 마음도 지친 것이 사실이었다. 일을 마치고 집에 돌아오면 빨래를 돌림과 동시에 밥을 안쳐야 했고 집안일이 끝나면 다시 병원으로 달려가는 생활을 반복했다. 그러다 보니, 갑자기 남아도는 이 시간이 적응되지 않았다.
  아빠는 어디로 간 걸까?
  종교가 없는 나로서는 아빠의 사라짐을 설명할 길이 없다. 어딘가에서 보고 계신 건지, 아니면 이번 생은 다 잊어버리고 벌써 다음 생을 준비하시는 건지, 도무지 납득이 되지 않았다. 불현듯 아빠가 무척이나 보고 싶어졌다. 새벽 2시 반에서 3시로 향하는 시간이었다.

잠을 자긴 틀린 것 같고 계속 아빠 생각에 빠져 있을 수도 없었다. 갑자기 배가 고픈 건지 심리적 허기인지 뭔가를 먹어야겠다는 생각이 들었다. 자주 해먹는 건 아니지만 내가 잘하는 것 중 하나가 김치볶음밥이다. 중학교에 들어가면서부터 나는 가끔 요리를 했는데 그때 유일하게 할 수 있고, 잘하는 것이 김치볶음밥이었다. 서툰 솜씨였지만 접시에 볶아놓은 밥을 덜고 반숙 계란 프라이를 올리면 그런대로 한 그릇의 요리가 되었다. 아빠도 좋아했다. 그때도 똑같은 말을 해주셨다.

- 역시 우리 경희는 못하는 게 없다니까!

마침 냉장고를 열어보니 돼지고기 등심이 있었다. 고기를 잘게 썬 다음 올리브유에 양파와 묵은 김치를 함께 볶자 곧 바글바글 끓기 시작했다. 찬밥을 한 덩이 넣고 불 조절을 해서 밥알이 굴러다닐 정도로 센 불에 볶았다. 예전과 다르게 굴 소스도 좀 넣었다. 마지막으로 들기름을 한 숟가락 넣자 방금 전까지 아빠가 보고 싶어 울적하던 기분이 모두 사라질 것 같았다.

가장 예쁜 접시를 꺼내고 식탁을 차렸다. 다시 잠드는 데 도움이 될까 싶어 스파클링 와인도 한 잔 따랐다. 시계를 보니 새벽 3시가 넘어가고 있었다. 견디기 힘든 상황이 오면 기분이 좋아지도록 무언가를 하는 편이다. 지금으로선 이것이 최선이라고 생각했다. 차려진 밥을 막 먹으려는데 달그락거리는 그릇 소리에 시끄러웠는지 자던 아이가 부스스 거실로 나왔다. 열여섯 살인 그 녀석은 한창 사춘기를 지나는 중이라 평소 말을 길게 하지 않는다. 아마도 게임을 하다 늦게 잔 모양인데 내가 부스럭거리는 소리에 잠이 깬 것 같았다.

- 이 시간에 여기서 뭐하는 거야?

더 많이 사랑하는 사람이 약자라더니 나도 모르게 말을 버벅거렸다.

- 엄마 때문에 잠이 깬 거야? 미안.
- 아냐, 물 마시려고 깬 거야.

평소 내가 묻는 말에도 단답형으로만 대답하던 녀석인데 어쩐 일인지 말투가 다정했다. 그러더니 식탁 반대편 자리에

210

앉아서 내 모습을 잠시 빤히 쳐다보는 게 아닌가.

- 왜?
- 그냥…….
- 뭐가 그냥이야?
- 아니 그냥, 안 돼 보여서.

평상시라면 있을 수 없는 일이었다. 내 행동에 특별히 관심을 갖는 녀석도 아니고 가끔씩 밤에 뭔가를 먹는 나를 보곤 살 좀 빼라며 핀잔을 주기도 했다. 그런데 녀석이 내가 안 돼 보인다며 위로 아닌 위로를 건네고 있었다. 그리고 결정적인 한 마디를 했다.

- 엄마, 할아버지 보고 싶어서 그래?

그 말에 하마터면 눈물이 터질 뻔했다. 그런데 한번 울어버리면 왠지 크게 울 것 같았고 그러다 보면 자식에게 너무 많은 패를 보여줄 수 있겠다는 생각이 들었다. 나는 쓸데없는 소리라며 들어가서 마저 자라고 아이를 들여보냈다. 그러면서도 고마운 마음이 불쑥 올라왔다.

이래서 아빠가 그렇게 자식을 좋아했구나! 그래서 부
모를 잃고도 아빠는 씩씩하게 살 수 있었구나!

새벽 3시가 가까운 시간, 무슨 소리를 들은 것도 아니고 꿈
을 꾼 것도 아닌데 잠에서 퍼뜩 깼다.
아빠는 내가 그리워한다는 걸 알고 그날 거기로 왔던 걸까?
사람이 죽으면 몸은 그렇다 치고 그동안 갖고 있던 그 사람의
생각과 철학과 영혼은 어디로 가는 걸까?
여전히 답도 없는 생각들을 하며 나는 가만히 김치볶음밥
을 먹었다. 조금 식었지만 그런대로 괜찮았다. 아빠는 없지만
나는 여기에 있고, 또 내게서 이어지는 아이가 있다. 다들 그
렇게 사는 모양이다. 어쩐지 내일은 조금 더 괜찮을 것 같다는
생각이 들었다.

암스테르담에서
융프라우까지

2019년 늦가을, 11시간 만에 도착한 프랑크프루트 공항 밖으로 비가 내리고 있었다. 아빠가 돌아가시고 4개월 정도 지났을 무렵이었다. 매년 암스테르담에서 열리는 다큐멘터리 영화제에 참가할 팀을 뽑는 행사에 서류를 제출했는데 운 좋게 기회를 얻은 것이다. 좀 더 솔직히 말하자면 그냥 어디라도 가고 싶었다. 아이 문제도 그렇고 속 편하게 여행을 다닐 상황은 아니었다. 그러나 언제나 떠나기 위해서는 핑계가 필요하다. 나는 그런 핑계를 찾아내는 데 꽤나 선수였다. 어찌어찌하여 비행기를 타게 되었다. 고백하건대 유럽이 처음인 나는 가슴 두근거리는 여행의 출발을 위해 국적기를 선택했다. 해당 국가의 국적기를 타는 순간 내가 한국을 떠나고 있음이 더욱 명확해지기 때문이다. 11시간을 날아간 나는 프랑크푸르트 공항에서 두어 시간을 보낸 후 다시 비행기를 타고 한 시간 만에 네덜란드에 도착했다. 늦은 밤에 도착해 공항 가까운 곳에서 하루를 묵었다. 다음 날부터는 일행들과 트램을 타고 이동해 영화제가 열리는 현장을 돌아봤다. 둘째 날에는 100년이 넘은 극장에서 마거릿 애트우드(Margaret Atwood) 작가에 관한 다큐멘터리 영화를 봤다. 11월 끝자락의 암스테르담은 꽤 추웠는데, 비까지 추적추적 내려 감상에 젖기 딱 좋았다. 일행과 나는 수시로 맥주를 마시며 시간을 보냈다. 그냥 한국을 떠나온 것만으로도 뭔가 마음이 풀어지는 듯했다. 그때까지만 해도 모든 것이 완벽한 일정이었다.

그렇게 며칠을 보낸 후, 한국으로 돌아가기 전 일행들과 함께 미술관 관람에 나섰다. 가장 먼저 방문한 곳은 국립박물관이었는데 네덜란드를 대표하는 렘브란트의 대표작을 만나기 위해서였다. 예술의 황금시대를 연 서양 미술 사상 17세기의 가장 위대한 화가로 손꼽히는 만큼 직접 마주한 그림은 가히 압도적이었다. 점심으로는 둥그런 빵과 그 사이에 끼워진 고기, 그리고 감자튀김과 커피를 먹었다. 식사 후 우리는 그토록 기대해 마지않던 반 고흐 미술관에 도착했다. 고흐의 〈해바라기〉와 〈별이 빛나는 밤에〉, 〈꽃 피는 아몬드 나무〉 등 여러 작품을 감상했고 친구들에게 줄 엽서와 기념품들도 몇 개 샀다. 그때까지만 해도 나는 꽤 즐거운 기분에 사로잡혀 있었다. 위대한 화가의 그림을 감상한 데다 낮에 먹은 맥주와 감자튀김의 맛있는 여운이 남아 있었기 때문이다.

그런데 숙소로 돌아와 짐을 풀고 침대에 누웠을 때, 나는 갑자기 슬픈 기분에 사로잡히기 시작했다. 분명히 만족스럽고 감동적이며 내 생애 또 있을지 모를 행복한 하루였다. 그런데 뭔가 묵직하고 먹먹한 느낌이 나를 슬프게 했다. 왜 그랬을까? 아무튼 쓸쓸하고 묘한 슬픔 속에서 나는 일찌감치 잠을 청하기로 했다. 그리고 새벽 3시에 잠에서 깨어나서야 그 슬픈 느낌의 정체가 무엇인지 알 수 있었다. 아빠 생각이 났던 거다. 그림을 좋아하는 아빠는 유럽에 가보고 싶어 하셨다. 발병 전까지도 산수화를 꽤 오랫동안 그리셨고, 뒤늦게 인물화에 빠지면서부터는 우리 삼 남매의 초상화를 그려주시겠노라 약속했다. 젊은 나보다도 길눈이 밝은 아빠는 혼자 광화문 교보문고에 가서 독학으로 배우는 그림책을 샀고 종종 인사동에 나가 물감과 화구를 구입했다. 그리고 식사 때와 운동 시간을 빼면 하루 종일 그림을 그렸다. 그러고도 남는 시간이 있으면 아빠는 TV 다큐멘터리를 시청했는데 대부분 해외 기행 프로그램이었다. 아빠는 속으로 꿈을 꾸고 계셨던 걸까? 한번은 TV 기행 다큐를 시청하는 아빠에게 이렇게 물었다.

- 아빠, 해외여행은 어딜 가보고 싶으세요?
- 여행? 글쎄다······.
- 가고 싶으시면 가세요. 가까운 일본이나 베트남도 좋고.
- 거긴 싫어.
- 그럼, 어디요?
- 유럽.
- 유럽이요?
- 스위스 말이다. 융프라우 같은 곳.

그때는 '연세도 있으신데 뭘 그리 먼 곳까지 가보고 싶어 하실까?' 솔직히 그런 생각을 했다. 결국 스위스는커녕 유럽 어디에도 보내 드리지 못했으면서 말이다. 암 수술을 받은 이후 아빠는 기력이 예전 같지 않았다. 인간의 신체는 강인하면서도 얼마나 부서지기 쉬운지 불과 1년 사이에 아빠가 할 수 있는 일이라고는 집에서 TV를 보면서 우리를 기다리는 것뿐이었다. 그때 아빠의 지난한 투병생활을 함께한 것 역시 해외

기행 프로그램이었다. 무슨 대단한 일을 하고 산다고 우리 가족은 해외여행 한 번 가보지 않았던 걸까? 해외여행이 무슨 대수라서가 아니다. 사람이 살면서 한 번쯤 평생 가보고 싶었던 곳은 가보고 생을 마감해야 하는 거 아닐까? 유럽의 지붕인 융프라우에 가보고 싶었던 아빠는 아마도 닿을 수 없는 곳에 가보고 싶었던 것 같다.

아빠는 호스피스 병동으로 옮기기 전날에야 그곳이 마지막 병상이 되리라는 것을 알았다. 여간해서는 불안하고 우울한 모습을 보이지 않던 아빠지만 그날은 유독 많은 눈물을 보이셨다. 나는 애써 아무렇지도 않은 듯 아빠 앞에서 간식도 먹고 커피도 마셨지만 손이 떨리는 것을 감출 순 없었다. 호스피스 병동은 죽음의 그림자가 떠도는 듯 묘한 분위기가 느껴졌다. 금방이라도 죽음의 강을 건널 것처럼 보이는데도 한 환자는 식사에 몹시 집착했다. 반면에 아빠는 음식이 넘어가지 않아 이미 곡기를 끊은 지 오래였다. 아무것도 바라는 것이 없는 아빠는 포기도 아니고 무엇도 아닌 슬픔으로 점점 기력을 잃어갔다. 대신 눈빛만큼은 그렇게 깨끗할 수가 없었다. 깊은 산속에 사는 한 마리 새 같은 순박한 눈빛이었다. 아빠는 그 깊은 눈빛을 품고 병상에서 무슨 생각을 하셨을까? 암스테르담에서의 마지막 며칠 동안 내내 아빠의 눈빛이 생각났다. 함께 유럽의 곳곳을 다니며 맛있는 음식도 먹고 미술관에도 가면 얼마나 즐거울까? 아빠는 저만치 미술관이 보이는 노천카페에서 커피도 한 잔 마시자고 하겠지. 나는 숨을 크게 들이쉬고 떠난 아빠에게 이렇게 혼잣말을 했다.

아빠, 암스테르담이든 융프라우든
이제 가고 싶은 곳 어디든 훨훨 가실 수 있는 거죠?

나는 몹시 고대하고 주위를 빙 둘러보았지만 대답이 들릴 리가 없지 않은가? 어느새 멀리서 동이 터왔고 창밖으로는 여전히 추적추적 비가 내렸다. 지금도 암스테르담의 며칠을 떠올리면 몹시도 춥고 쓸쓸한 느낌이 든다.

4장
아버지를 인터뷰하다
― 딸이 아버지에게 드리는 100가지 질문과 답

2018년 5월 초에서 6월 말, 소설가이자 다큐멘터리 작가인 나는 몇 년간 계획해왔던 ―수많은 이들을 인터뷰하며 문득 계획을 세운― 아버지와의 인터뷰를 진행했다. 일주일에 두 번씩, 두 달 동안의 시간이었다. 인터뷰가 끝나고 정확히 한 달 후, 아버지는 희귀암 판정을 받았고 1년 뒤인 2019년 7월에 세상을 떠나셨다. 그때 아버지를 인터뷰하지 않았더라면 영원히 그의 인생을, 그의 속내를, 그의 사랑을 알 수 없었을지도 모른다. 그런 의미에서 아버지를 인터뷰한 두 달은 내 인생에서 가장 값진 시간이었다.

1. 아버지,
당신의 인생은 언제, 어디서 시작되었나요?

— 나는 1938년 3월 5일에 셋째 아들로 태어났단다. 위로 형이 둘 있고 아래로 여동생 둘이 더 태어났으니 나는 오 남매 중 셋째인 거지. 전북 익산시가 내 고향인데 그때는 익산군이었고 지금은 익산시가 되었지.

2. 아버지,
유년시절이 궁금해요. 어린 시절의 어떤 모습들이 기억나세요?

— 문득 떠오르는 기억이 하나 있는데 그때가 6.25 종전 전이었을 거야. 광복 이후 우리나라는 좌우의 이념 대립으로 무척 혼란스러운 상황이었어. 좌익과 우익의 무력 충돌이 난무하던 시기였고 이념 때문에 이웃끼리 원수가 되기도 했으니까. 친일파가 애국자가 되고 우익이 좌익, 좌익이 우익으로 변신하는 혼돈의 시기였지. 내 나이 아홉 살인가 열 살쯤 되었을 때인데 우리 아버지가 큰아버지와 함께 낯선 사람들에게 끌려가신 거야. 너는 이해할 수 없겠지만 그런 엄청난 일들이 흔하게 일어나는 시

대였어. 아버지는 어떤 창고 같은 곳에 갇혀 계셨는데 내가 밥을 가져다 드린 기억이 나는구나. 거리로는 집에서 8킬로미터쯤 될 거야. 어린애가 거기까지 걸어가서 보니 한 200명 정도가 갇혀 있더라고. 누군가 총을 들고 보초를 서고 있었는데 내가 아버지 이름을 대니까 가져온 밥을 넣어주더라. 어린 마음에도 아버지가 굶을까 봐 걱정이 되었어. 아버지가 셋째인 나를 퍽 예뻐하셨거든. 위로 형이 둘이나 있었는데도 밥 심부름을 내가 도맡아 했어. 아버지가 배곯으실까 봐 걱정이 되는 그런 아이였던 것 같구나.

또 한 가지 기억은 내가 꿈을 갖게 되었던 일이야. 그때 손기정 선수가 베를린 올림픽에 나가서 한국인 최초로 금메달을 따지 않았니? 그런데 일장기를 가슴에 달고 출전했으니 그걸 바라보는 모두가 한마음으로 안타까워했던 기억이 있어. 하루는 동네에서 마라톤 대회가 열렸는데 대부분 어른들이 출전하더구나. 용안(지역)에서 함열(지역)까지 10킬로미터가 넘는 먼 거리라서 그랬겠지. 내나이 열 살 때 그 마라톤 대회에 나가서 완주를 했어. 어린애가 완주를 하고 결승점에 들어오니 사람들이 운동장이 떠나갈 듯 박수를 치더라고. 상으로 낫을 받았는데 그

걸 한 손에 거머쥐고 신이 나서 집으로 뛰어갔단다. 그렇
게 기분이 좋을 수가 없었어. 아마도 나는 욕심이 많고
남에게 지기 싫어하는 그런 아이였던 모양이야.

---

3. **아버지,**
    어린 시절에는 욕심이 많고 똘똘하셨군요. 할아버지에게 셋째
    아들은 특별했겠어요.

— 아버지가 삼 형제 중에 나를 참 예뻐하셨어. 내가 씨
름을 정말 잘했는데 우리 동네에서 나를 이기는 아이가
없었거든. 하루는 아버지가 동네 아이들을 죄다 모아놓
고 씨름 경기를 벌이셨어. 아이들의 씨름 실력을 보시려
고 하신 모양인데 상품까지 일일이 준비하실 정도였어.
항상 일등은 내 몫이었지. 워낙 씨름을 잘하니 아버지가
나를 여산(익산의 옛 지명) 난장에 데려가서 다른 마을 아
이들과 씨름 시합을 시키기도 했단다. 거기서도 소년부
상을 다 휩쓸었는데 20명까지 이겨본 기억이 있단다. 아
버지가 신바람이 나서 나를 안아주고, 쓰다듬어주고 하
시더라고. 기분이 좋으신지 나를 꽉 부둥켜안고 웃으시
던 모습이 생각나는구나. 꿩 사냥을 자주 다니셨는데 그

때마다 나를 꼭 데리고 다니셨어. 살아계실 때는 참 한량
처럼 사셨지. 내 좋은 기억들은 모두 아버지가 돌아가시
기 전까지란다. 내게는 어린 시절이 참 행복했던 기억과
좌우 이념 대립으로 온통 혼란스럽던 그 시절의 불행이
겹쳐 있단다.

4. 아버지,
   저는 할아버지를 본 적도 없으니 어떤 분인지 알지 못해요. 좀
   더 이야기해주세요.

— 우리 아버지는 부잣집 막내아들이었는데 할아버지가
쌀장사를 해서 재산을 불렸다고 하더구나. 내 기억 속의
아버지는 한량 같은 사람이었어. 옛날에는 마을 남자들
이 모여서 활쏘기를 했었단다. 활과 화살촉을 놓아둔 아
버지의 공간이 기억나는구나. 자주 있는 일이었어. 친구
들을 불러 모은 아버지가 활을 쏘면 누군가 "명중이요!"
하면서 소리쳤지. 그러고는 다 함께 웃어대는 유쾌한 소
리가 들리곤 했어. 아, 그리고 한문을 아주 잘 쓰셨던 기
억이 있구나. 누군가 아이를 낳으면 아버지가 이름을 지
어주시기도 했으니까. 내 기억 속의 아버지는 8척 장신

에 한량이었어. 키가 크고 잘생긴 아버지를 따라서 사냥
을 다니던 건 내 인생에서 가장 행복한 순간이 아닌가 싶
구나.

---

5. **아버지,**
    할아버지가 돌아가신 후에 집안이 몰락했나요?

― 말로 다 못할 세월이었어. 해방 이후의 기쁨은 그리
길지 않았다. 우리가 흔히 말하는 좌익과 우익으로 나뉜
혼란의 시대가 시작되었으니까. 좌익들은 우익을 테러하
고 우익은 좌익을 그렇게 대했어. 그 과정에서 얼마나 많
은 사람들이 희생당했니. 우리 세대는 다들 그걸 눈으로
보고 몸으로 겪었단다. 사람이 그런 끔찍한 일을 겪다 보
니 더 겁이 많아지고 두려움이 생겼을 거야. 나이 든 사
람들이 더 양보하지 않으려고 하는 것도 아마 그런 기억
때문일 게다. 하지만 나는 그럴 필요는 없다고 생각해. 아
무튼 그런 혼란기에 이런저런 이유로 아버지가 병을 얻
으셨어. 내가 11살 때 돌아가셨으니 벌써 70년이 훌쩍
지났구나. 아버지가 돌아가신 후로 집안이 휘청했지. 그
많던 재산은 다 어디로 간 건지, 어머니는 왜 재산을 지

키지 못했던 건지, 왜 우리 형제들이 피죽도 못 먹을 만큼 가난하게 되었는지 그 이유는 나도 잘 모른단다. 그저 아버지가 돌아가신 후 모든 것이 풍비박산 나버린 것, 그 기억만 가지고 있다.

---

6. 아버지,

그토록 따르던 아버지를 잃고 나서 중학교에 입학했군요. 어떤 시절이었나요?

— 11살에 아버지가 돌아가시고 집안이 걷잡을 수 없이 기울었다고 했지? 중학교 시절의 나는 공부보다는 운동에 관심이 있었단다. 어릴 때부터 워낙 씨름을 잘했고 아버지가 그런 나를 기특해 하셨으니 운동에 대한 자신감이 있었어. 당시 학교에 씨름부가 있었는데 씨름 대회가 열리는 날이면 작은아버지의 아들인 사촌 형이 나를 보러 오곤 했지. 그때 시골은 공동체 사회였잖니. 그 형은 네 살 때 아버지를 잃었는데 우리 아버지가 그들을 데려와서 함께 키우셨거든. 한 집에 살았으니 사촌이긴 해도 형제지간이나 마찬가지였던 거야. 나는 우리 형들보다 그 사촌 형을 더 잘 따랐다. 참 똑똑하고 멋진 형이었어.

친형은 아니지만 내게는 우상이었단다.

7. 아버지,
    사촌 형을 어떤 이유로 잘 따르셨나요?

― 그 형이 나를 무척 예뻐하고 아꼈어. 사촌 형은 인물도
좋고 공부도 참 잘했거든. 아버지를 잃고 우리 집에 와서
남의 집을 살았으니 눈치를 볼 만도 한데 희한하게 우리
어머니도 그 형을 예뻐하셨어. 내가 중학교 들어갔을 때
그 형이 대학생이 되었거든. 우리 집에 올 때마다 연필 한
다스씩을 내게 가져다 주곤 했단다. 그런데 연필마다 내
이름을 새겨서 가져다 주었어. 스티커를 붙이는 게 아니
라 불로 찍는 건데 한 자루 한 자루 모두 이름이 새겨 있
으니 얼마나 좋았겠니? 그 형은 대학교에 가서 청년단에
들어갔단다. 좌우 이념이 대립하고 서로 죽이기까지 하던
때니 어린 나는 그 형이 너무 걱정되었지. 한번은 형이 어
머니와 나를 보러 밤에 우리 집에 찾아 왔는데 워낙 유명
하다 보니까 사람들이 수소문해서 찾아낸 거야. 그날 밤,
형이 내 머리를 한번 쓰다듬고는 우리 집 뒷마당 대나무
숲으로 점프를 해서 도망가더라고. 뭐랄까, 어린 내가 보

기엔 형이 참 멋있었어. 지금은 이 세상 사람이 아니지만 그런 모습들이 아직도 눈에 선하구나.

8. 아버지,
이제 할머니 이야기를 해주세요. 어떤 분이셨나요?

— 우리 어머니는 한마디로 공주였지. 살림이라고는 하나도 할 줄 모르는 사람이었으니까. 어머니 친정이 함남(익산 지역)인데, 아버지에게 시집올 때 가마 메고 뒤따라오는 하인들이 수십 명이었다고 하더라. 그렇게 십 리를 따라왔다더구나. 말하자면 영화 같은 데 나오는 '아가씨'로 불리던 사람이 우리 어머니였어. 그때는 집안끼리 정혼하는 시대였으니 우리 아버지와 집안끼리 약속을 했던 것 같아. 하여간 어머니는 아가씨로 살아온 사람이라 살림이라곤 전혀 할 줄 몰랐어. 아무것도 모르는 사람이니 남편 잃고 얼마나 많은 일을 겪었겠니? 집안은 기울었지, 가정은 피폐해졌지, 아가씨로 살아온 터라 할 줄 아는 건 아무것도 없지, 어머니도 죽을 맛이었을 거야. 하지만 어머니가 악착같은 분이 아니라서 그때 우리 오 남매가 고생을 많이 했어. 여동생들은 쌀을 빌리러 다녔고 피죽도

못 먹는 날이 허다했으니까.

---

9. **아버지,**
    그 고생이란 게 어느 정도였어요? 감이 잘 오지 않아요.

— '피죽도 못 먹는다'는 말 들어봤지? '피죽'이란 게 피로 쑨 죽을 말하는 건데 그건 쌀이나 보리가 아니고 잡풀에서 나는 거야. 워낙 먹을 게 없으니 벼가 익기 전에 그걸 훑어다가 죽을 끓여 먹는 게 피죽이란다. 우리 집은 말 그대로 피죽도 먹기 힘든 시기였어. 초가집이었는데 지붕을 못 올리니 비가 새는 그런 집 말이다. 아버지 살아 계실 때와는 비교할 수도 없는 그런 비참한 생활을 했는데 하루는 이런 일도 있었지. 내가 열두 살 때인데 제대로 된 밥을 먹지 못해서 아마 영양실조가 걸렸던 모양이야. 어머니가 어디서 피를 훑어다가 그걸로 죽을 끓여서 혼수상태인 내게 먹이더구나. 아무것도 할 줄 모르는 어머니였는데 그래도 자식이 죽게 생겼으니 어디라도 가서 피를 훑어왔더라고.

231

아버지,
할머니에 대한 이야기를 좀 더 해주세요. 기억나는 에피소드가
있나요?

― 네 할머니가 천석꾼 집 딸이었어. 만석꾼은 익산군에
한두 명 있는 집안이고, 천석꾼도 일개 군에서는 몇 명뿐
인 부잣집이지. 어머니는 귀하게 자라서 세상 물정 하나
도 모르고 어른이 된 사람인데 갑자기 30대에 남편을 잃
고 과부가 된 거잖아. 어느 날 저녁에 어머니가 밭으로
가는 걸 내가 봤어. '내가 왜 이렇게 살아야 하나' 하고 마
음이 울적해서였을까? 왜 그런지 모르겠지만 내가 어머
니를 몰래 따라나섰어. 열두 살쯤 되었나? 그런데 어머니
가 한참을 걸어가다가 어느 밭에서 새파란 애호박을 하
나 따더라고. 물론 남의 것이지. 하지만 그때는 서리하고
그런 걸 범죄로 보는 시절은 아니었으니 당시로는 큰 죄
는 아닌 거야. 그러니까 어머니가 너무 해먹을 게 없으
니 몰래 남의 밭에 가서 호박 하나를 따려고 했던 모양이
야. 그런데 타이밍도 기막히지, 밭주인 남자가 갑자기 뛰
어나와서 어머니를 다그치더라. 어린 마음이었지만 어머
니가 봉변을 당할까 봐 뛰어가서 어머니 앞을 가로막았
어. 그 남자는 장정이고 나는 어린애 아니냐? 그래도 겁

이 나지는 않았어. 결국 그 남자는 어머니가 손에 쥔 호박 한 개를 기어코 빼앗아가더구나. 그 창피를 당하고 집으로 돌아오는데 마음속으로 어머니가 그렇게 밉더라고. 왜 남의 호박을 따려고 했을까. 그런데 어머니가 미우면서도 그렇게 마음이 아프더라고.

---

11. 아버지,
이웃 남자는 왜 호박 한 개를 가지고 그리 정 없이 굴었을까요?

― 가정이 몰락하면 그렇게 될 수도 있는 거야. 물론 마음이 좋은 사람도 많지. 하지만 어딜 가나 남이 잘못되는 걸 즐기는 사람들이 있지 않니? 우리 집에 아버지가 계셨다면 그 남자가 아녀자에게 해코지를 못 했겠지. 겨우 호박 한 개 가지고 말이다. 하지만 집이 몰락하면 그런 일도 생기는 거야. 나중에 알게 된 사실인데 그 호박이 그 남자 밭 게 아니었다고 하더구나. 우리 어머니를 창피하게 하려고 그랬던 거야. 어찌나 속이 상하던지, 한참 후에 내가 체격이 커지고 힘이 생기면서 그 남자를 혼내준 기억이 있어. 내가 속으로 이를 갈고 있었지. 한 번만 걸려봐라, 하고 말이다.

12. 아버지,
형제 이야기를 좀 해주세요. 어릴 때 사이가 좋았나요?

— 큰형은 우리들과 별로 사이가 좋지 않았고, 둘째 형은 나중에 몸이 아파서 일찍 세상을 떴지만 나와는 사이가 각별했어. 두 살 터울로 자라서 항상 모든 걸 같이 하면서 컸지. 나는 씨름도 잘했지만 싸움도 동네에서 당할 사람이 없었어. 내가 뭐든 잘하는 반면, 형은 몸이 약하고 비실비실했어. 그래서 내가 항상 앞장서서 다니고 그랬지. 어쩌다 동네에서 싸움이 붙으면 형은 내 뒤에 숨어서 소리만 질러요. 등 뒤에 숨어서 말이지. 몸이 약하니 앞에 나서지는 못하지만 동생인 나를 믿고 다 덤비라고 소리를 지른 거야. 내가 형보다 뭐든 잘하고 아버지께 칭찬받아도 나를 미워하지 않았어. 마음이 참 좋은 사람이었거든.

13. 아버지,
집안이 기울면서 고등학교 시절을 어떻게 보내셨나요?

— 집안이 어려워지고, 혼자된 어머니에게 함부로 대하는 사람들을 보면서 나는 힘을 키워야겠다는 생각을 했

어. 그때는 법보다 주먹이 앞선 시대였는데 아마 상상이 되지 않을 거다. 중학교를 졸업하고 고등학교를 이리로 가게 되었는데 지금도 그런 게 있나? 불량 서클. 내가 고등학교에 들어가면서 그 서클에 가입한 거야. 당시 이리 농림학교의 서클이 아주 유명했거든. 학생이 천 명 정도라고 보면 서클 회원이 한 20명 정도 되나? 아무튼 그 서클에 가입을 하고 한창 싸움 좀 하고 다녔지. 그때는 기차를 타고 통학하던 시대 아니니? 군산선, 정읍선, 김제선, 학생들을 나르는 기차가 있었거든. 이리역 앞에서 우리 서클 회원들이 지나가면 일반 학생들은 우리와 눈도 마주치지 못했어. 뭐랄까, 사춘기이고 점점 힘이 세지고 혈기 왕성한데 집안은 어렵고 하니 아마도 밖으로 돌고 그랬던 것 같아. 그러니 고등학교 때는 주로 운동과 서클 활동, 그리고 싸움을 하면서 보낸 거지.

---

14. 아버지,
당시 여고생들에게 인기도 많으셨나요?

— 내 입으로 말하긴 좀 그렇지만 당시에 인기가 상당했지. 또래 여학생들뿐 아니라 여학생 선배들도 교문 앞에

서 나를 기다리곤 했으니까. 옛날이라도 우리들만의 서
클 옷이란 게 있었거든. 교복 안에 똑같은 셔츠나 티셔
츠 같은 걸 맞춰 입고 우정 브로치 같은 것을 옷에 달고
는 아주 우쭐해서 다녔단다. 생각해보렴. 그런 남학생들
이 무리 지어 다니면 눈에 띄지 않을 수 없지. 그리고 서
클의 중심이 나였기 때문에 인기는 뭐 당연히 많았지. 한
창 혈기 넘치는 때니 사건 사고도 많았고.

15. 아버지,
혈기 넘치는 시절에 클럽의 리더였다니 무시무시한 에피소드
들이 많겠어요.

— 이리가 원래 깡패들이 많기로 유명하잖니. 그때 통학
차를 타고 와서 역에 내리면 역전에 깡패들이 그렇게 많
을 수가 없었어. 그런데 당시 깡패들은 학생들 돈을 뺏기
로 유명했거든. 요즘 사람들은 이해가 안 될 수도 있지만,
종전 후에는 모든 것이 혼란스러운 시대였기 때문에 먹
고살 것이 변변치 않았어. 깡패들이 넘쳐났던 데는 그런
이유도 있지 않나 싶구나. 깡패들이 학생들 돈을 뺏는다
는 것을 알고 우리 서클 일원들이 벼르고 벼르다가 어느

날 이리역 앞에서 싸움이 붙은 거야. 양복점 집 아들인 내 친구가 먼저 치고 나가서 깡패를 때려 눕혔고 내가 들고 있던 사이다 병으로 그 깡패의 머리를 내려쳤지. 혈기 왕성하고 겁이 없을 때였으니 그런 행동을 했을 거야. 깡패들이 학생들의 돈을 뺏으니 나름 혼내줘야겠다고 생각한 것 같은데 어쨌든 학생이 할 일은 아니었지 뭐냐. 그 일로 깡패들과 우리 서클 간에 큰 싸움이 벌어졌고 학교에서 무슨 조치를 당했던 기억이 나는구나. 물론 그 사건으로 우리 서클은 더 유명해졌지만 말이다.

16. 아버지,
그건 완전히 불량 서클 아닌가요? 그때의 경험이 후에 당신을 주먹 세계로 이끈 건가요?

— 그 시대를 좀 설명해볼까? 그때 우리 고등학교 서클이 따르던 사람은 대학생 신분의 박 아무개였단다. 당시에는 이리가 격전지였고 난장을 트면서 그 지역을 접수하는 게 싸움의 룰이었어. 난장이라고 들어봤니? 그게 뭔고 하니 씨름이나 도박, 혹은 싸움꾼들까지 말하자면 세상 건달들이 다 모이는 곳이야. 한마디로 그 지역 주먹들

이 다 모이는 곳이 난장인 셈이지. 한번은 우리 서클의 리더 박 아무개라는 사람이 김제 지역 난장에서 싸움이 붙었는데 이겨버린 거지. 당연히 그쪽 농림학교 서클 학생들이 이리로 몰려오지 않았겠니? 지금으로 치면 지역 대 지역으로 패싸움이 벌어진 거지. 그래도 당시는 낭만주먹시대라서 흉기를 쓰지 않고 맨주먹으로 싸우는 시대였단다. 지금 생각해보니 중학교 시절의 나는 힘이 좀 세고 운동을 잘하는 정도였지만 고등학생이 되면서 무서운 게 없어졌다고 할까? 아마 그렇게 깡패가 되는 길로 가게 되지 않았나 싶구나.

---

17. **아버지,**
   그 시절 할머니는 싸움하고 다니는 아들을 걱정했겠군요.

— 우리 어머니는 아무것도 몰랐어. 내가 뭘 하고 다니는지 전혀 모르시는 거야. 자식에게 관심이 없었다기보다는 왜, 그런 거 있지 않니? 부잣집 공주로 살던 자신이 남편이 죽고 왜 이런 신세가 되었나! 이런 한탄만 하던 시기였으니까. 자기 자신을 모르는데 자식이 어떤 고민이 있는지 눈에 들어오겠니? 생각해보면 어머니가 30대에

과부가 되었으니 한창 젊고 좋은 나이지. 게다가 우리 어머니는 악착같이 살아온 사람이 아니었어. 결혼 전까지 하인들이 다 해주면서 살았기 때문에 아무것도 할 줄 모르는 거야. 지붕에 비가 새면 어디서 풀이라도 뽑아다 메워야 비가 안 새는데 오히려 막아놓은 풀을 빼다가 밥해 먹을 불을 지피는 스타일이라고 해야 하나? 자식을 예뻐하긴 하는데 살림이라곤 아무것도 할 줄 모르니 스스로도 참 답답했을 거야. 그래서 나도 밖으로 돌고 싸움을 하고 그러지 않았나 싶구나.

---

18. 아버지,
    고등학교 때 싸움했던 일 말고 다른 기억나는 일은 없나요?

— 옛날에는 방학 때면 서당에 다녔단다. 그 서당에 다니는 아이 중에 최 아무개라는 아이가 있었어. 부모님 없이 조부모님과 사는 아이였는데 그 녀석에겐 내가 선망의 대상이었던 모양이야. 내가 그 동네에서 주먹으로 꽤 유명한 고등학생이었으니까. 하루는 그 아이 조부모님께서 나를 집으로 초대해서 잘 대접해주시는 거야. 사실 그해는 심한 가뭄으로 비가 안 와서 걱정이 많은 때였어. 다

들 농업으로 먹고살던 시대니까 비가 안 오면 안 되지 않니? 그때 동네 면장이 지하수를 팠는데 거기서 물이 어마어마하게 나오는 거야. 그럼 뭐가 문제인고 하니, 서로 물을 대려고 난리가 나게 되는 거지. 쉽게 말해서 물 때문에 살인도 날 수 있는 그런 상황인 거야. 돌멩이를 들고 서로 머리를 때릴 수도 있을 정도의 가뭄이었거든. 그때 내가 나서서 그 아이 집에 물을 대게 해줬어. 그 많은 장정 사이에서 노인 두 분이 힘이 없으니 어떻게 물을 끌어오겠니? 그랬더니 내게 어찌나 고마워하던지 그 모습이 아직도 생생히 기억나는구나. 나중에 내가 결혼할 때 그 집 꼬맹이가 돈 오만 원을 축의금으로 해가지고 왔더라고. 물을 끌어다 준 게 두고두고 고마웠던 모양이더라.

---

19. 아버지,
십대를 평범하게 보내시지 못한 것 같아요. 이제 청년 시절 이야기를 해주세요.

— 군대 이야기를 안 할 수 없구나. 고등학교 때 싸움만 하고 돌아다니다가 스무 살엔가 군대를 갔어. 군대에서 최홍희 소장을 만나게 되었는데, 이 분이 누구인고 하니

한국 태권도계에 업적을 많이 세운 분이란다. 나중에 핀란드 대사를 하고 북한으로 망명한 분인데 내가 군에 갔을 때 이 분이 논산 제2훈련소 소장이었어. 하루는 그분이 논산 훈련소에 모인 훈련병들, 기관병들 중에 사회에서 주먹 좀 쓴 사람들을 100명 정도 모았어. 이 친구들 면면을 보니 밖에서 주먹으로 이름 좀 날렸더라고. 보통 유도 5단, 6단 이런 친구들이었으니까. 논산 제2훈련소 운동장에 나를 포함한 그 친구들이 모두 모여서 전부 대련을 했단다. 그때 내가 100명 중에 일 등을 하는 바람에 최소장님이 항상 나를 끼고 다니셨지. 나중에 그분이 핀란드로 갔다가 북으로 망명했다는 이야기를 건너 들었단다.

20. **아버지,**
군복 입은 사진을 본 기억이 있어요. 정말 자신감이 넘쳐 보이셨어요. 제대한 이후에는 어떤 생활을 하셨나요?

— 제대를 하고 집으로 왔는데 살림살이가 엉망이더라고. 나도 뚜렷한 직업도 없지, 땅이 있어서 농사를 지을수 있나? 먹고살 일이 정말 막막하더구나. 아래로 여동생이 둘이나 있는데 내가 해줄 게 아무것도 없었어. 그렇게

심란한 마음으로 지내는데 마침 서울로 간 동네 건달 형이 연락을 해왔단다. 시골에 있지 말고 서울로 올라오라고 말이야. 김 아무개라는 동네 형인데 별명이 도깨비야. 여기저기 잘 나타난다고 사람들이 그 형을 '김 도깨비'라고 불렀지, 아마. 며칠 고민을 하다가 결국 서울로 올라가 용산으로 찾아갔는데 그 형이 굴다리 밑에 집을 짓고 살더라고. 내가 싸움을 잘하는 걸 누구보다 잘 아니까 내게 자신의 보디가드 일을 맡기려고 했던 거지. 며칠 동안 형이 무슨 일을 하나 가만히 지켜보니 노름판의 자금책인 거야. 한마디로 돈을 잃은 노름꾼들에게 자금을 빌려주는 일인 셈이지. 첫날은 뭉칫돈을 신문지에 둘둘 말아서 전대(纏帶)에 차고 관리하는 일이 나에게 주어졌어. 거기서 보니 도박이란 것이 그렇더라고. 화투를 놓고 속이는 것 말이다. 〈타짜〉 같은 영화에서도 나오지 않니? 이 판이란 게 그런 거야. 돈이 모이고, 싸움이 모이고 그런 곳이더라. 그리고 내가 지켜본 바로는 도박이란 것은 일반 사람들이 돈을 딸 수 있는 구조가 아니었어. 사기가 판을 치니 시비가 벌어지기 일쑤였고 싸움이 생기면 보디가드들이 나서는 거야. 그 형이 내게 그런 일을 시키기 위해 나를 불러들였다는 사실을 알고는 한참 고민을 했지.

21. 아버지,
그 시절 서울 깡패들은 어떤 싸움을 했나요?

— 그 시대에는 서울이든 아니든 무조건 주먹싸움이었어. 흉기는 거의 없었고, 만약 가지고 있다고 해도 대개 이런 걸로 싸움을 했지. 종이 박스 같은 걸 찢어서 말린 후에 본드가 없으니 풀로 붙이는 거야. 그걸 말려서 붙이고 또 붙이기를 반복하면 아주 두껍고 단단해지거든. 그 한가운데를 주먹만 하게 구멍을 뚫어요. 그럼 손이 들어가서 그걸 딱 쥘 수가 있게 되지. 내가 이걸 어떻게 알게 되었냐 하면 우리 사촌 형이 만드는 걸 본 적이 있어. 그 형이 아버지가 일찍 돌아가시는 바람에 우리 집에서 함께 자랐어. 사촌이지만 친형제나 다름없이 자란 거지. 그 형은 공부도 잘했지만 싸움도 아주 잘했어. 그래서 형이 만들어 가지고 다니는 걸 내가 봐두었다가 나도 그걸 가지고 다녔지. 그때 형이 싸우는 걸 보니 싸움은 무조건 선방을 치면 이기는 거더라고. 그래도 그 시절 깡패들은 낭만이란 것이 있었어. 정정당당하게 주먹으로 붙었으니까.

22. 아버지,
서울로 가기 전에 시골에서 어떤 일을 하셨어요?

— 옛날 시골에는 가두극장이 많았어. 그때는 16밀리 극장이 없잖니. 가두극장에서 무성 영화를 틀고 변사가 필름을 보면서 혼자 다 하는 거야. 변사가 한창 날리던 때 아니니? 거기서 구경꾼들을 모아 입장료를 받아서 영화를 돌리면 관객이 엄청 몰렸어. 그때 내가 한 일은 따르는 애들을 데리고 가두극장을 관리하는 일이었어. 지금 생각해보니 월급이랄 것도 없었던 것 같다. 그저 영화를 공짜로 보는 맛에 그 일을 한 것 같아. 열 명이면 열 명, 스무 명이면 스무 명, 내 이름만 대면 영화는 돈 안 내고 그냥 들어가서 볼 수 있었어. 그런 게 통하던 시대였지 않니? 그리고 노래대회 같은 거 벌어지면 극장에 앉아서 심사도 하고 그랬어. 한번은 서울에서 영화 일을 하는 사람이 와서 나한테 배우가 되는 건 어떠냐고 묻기도 했지.

23. 아버지,

그때 배우가 되셨으면 좋았을 것 같아요. 생활인보다는 배우나 예술인에 더 잘 어울리는 사람이거든요. 그런데 극장 일은 왜 그만두게 되었어요?

— 한번은 거기서 싸움이 크게 붙었거든. 내 아이들 데리고 극장에 들어가는데 어떤 놈들 대여섯 명이 딱 서 있는 거야. 착 돌아보니 뭔가 예감이 안 좋더라고. 내가 딱 쳐다보니 그중 한 놈이 갑자기 내 이마를 헤딩으로 치는 거야. 제대로 맞았지. 그 친구가 누군가 하니 백 아무개라고 공주에서 싸움으로 이름 좀 날리던 아이였어. 나중에 알고 보니, 날 꺾으러 온 거였다고 하더라. 그때는 마치 도장깨기처럼 좀 센 놈이 있다는 소문이 돌면 그 사람을 꺾으러 다니고 그랬어. 내 이마를 탁 치고 도망가는데 뒤에서 보니 대여섯 명 되더라고. 그날 극장은 난리가 났지. 저 놈을 잡아야겠다는 생각으로 무조건 달려갔어. 그 일로 극장 일을 그만두고 군대를 가게 된 거야.

24. 아버지,
마치 옛날 영화를 보는 기분이에요. 그날의 풍경을 좀 자세히 말씀해주시겠어요?

— 그날 내 이마에 박치기를 한 그놈 빼고 다섯 명은 관중 속으로 도망가고 나한테 박치기를 한 그놈은 산으로 뛰어가더라고. 무조건 쫓아가서 잡았어. 그때 자전거 줄이 있었는데 거기에 붕대 같은 걸 감아서 그걸 가지고 뒤에서 후려치니까 픽 쓰러지더라고. 아마 그날 나한테 엄청나게 맞았을 거다. 잔인하다고 생각할 수도 있겠지만, 그 세계라는 것은 내가 죽지 않으려면 별수 없는 거거든. 그날 밤 형사들이 들이닥쳤는데 나는 뒷문으로 튀었지. 우리 집 뒷마당이 대나무밭이었거든. 그리고 군대를 가기 위해 홍성으로 갔다가 다시 의성으로 갔어. 그때는 영장이 나오는 사람도 있지만 지원을 하면 군에서 인솔해가기도 했거든. 지금 생각하면 어떻게 그렇게 허술한가 싶지만 그때는 그랬어. 한마디로 사고 치고 군대를 간 거지.

25. 아버지,

누구에게나 빛나던 시절이 있잖아요. 아버지의 전성기는 싸움으로 날리던 그 시절인가요?

— 그래, 누구나 인생에 전성기라는 것이 있지. 돌이켜보면 그때가 전성기였다는 생각이 드는구나. 나는 싸움하면 진 적이 없고, 뭐든 내 마음대로 하고 살았으니까. 그렇다고 나쁜 짓을 하지는 않았어. 내 나름대로는 따라다니는 아이들 밥 먹이며 살고 그랬으니까. 그때 내가 지나가면 사람들이 풀잎도 떨었다는 말을 하고 그랬지. 한번은 옆 동네에서 싸움을 제일 잘하는 박 아무개와 내가 싸움이 붙었는데 그 녀석은 독종이었어. 네가 어떻게 들을지 모르겠다만 싸우면 눈을 후벼 파고 입을 찢는, 독하기로 소문난 녀석이었거든. 그때 나와 그 녀석이 주막에서 싸움이 붙은 거야. 그날 거기 있던 사람들이 다 모여들고 싸움 구경을 하느라 아주 난리가 났지. 그런데 내가 그 녀석을 이단 옆차기로 차니까 그대로 나가떨어지더라고. 싸움판은 말이다, 도전하는 사람을 이겨야만 거기서 살아남을 수 있는 거야. 싸움에서 이기는 건 딱 하나야. 기싸움에서 밀리면 안 되고, 무조건 선방을 날려야 해. 참, 내가 별걸 다 이야기하는구나.

26. 아버지,
가두극장 이후에도 다시 영화 일을 하셨나요?

— 제대하고 보니 집에 아무것도 없고 먹고살 일이 막막했다고 말했었지? 사실 집에 논이 좀 있었는데 제대하고 돌아와 보니 큰형이 서울에서 영화를 만든다고 다 팔아간 거야.

그런데 영화 일이 잘 안 돼서 돈을 다 날린 것 같더라. 그러고는 45필름을 극장에 넣는 일을 한다고 대구로 오라고 했어. 대구 북성로역 앞인데 2층 건물에 사무실이 있더라고. 말하자면 영화사지. 지방 영화사. 그런데 서울에서 영화를 보내준다고 했던 형은 연락이 안 되고 돈벌이가 없으니 사무실에서 신문지를 깔고 소파 위에서 자고 그랬어. 그러다 형이 대전으로 가자고 해서 대전 중동에서 살기도 하고. 그때 형을 따라다니지 말고 내 일을 하자는 생각을 했지. 시간과 젊음을 그렇게 보내는 건 지금 생각해도 잘한 것 같지 않구나. 그때는 아무것도 몰랐지.

27. 아버지,
서울로 가기 전의 삶에 대해 이야기해주세요.

— 가끔 서울을 오가긴 했지만 본격적으로 상경한 것은 결혼하고 나서지. 물론 그전에도 동네 형인 김 도깨비가 불러서 용산으로 온 적은 있었지. 그때만 해도 서울은 발전이 전혀 안 되었어. 용산만 해도 판잣집이며 굴다리가 있고 그랬으니까. 굴다리 밑에 집을 짓고 사는 사람들도 있었어. 그때는 땅이 없으면 시골은 먹고살 만한 게 없었지. 내가 가지고 있는 게 주먹 하나니까 그거 믿고 의식주를 책임져줄 수 있는 사람에게 갔던 것 같아. 그런데 보니까 그 바닥이 너무 위험한 거야. 도박판 물주의 보디가드를 한다는 건 언제든 사고가 터지면 죽을 수도 있는 일이니까. 그래서 그 사람은 내가 필요하다고 했지만 난 더는 이 생활을 하면 안 되겠다 싶어서 시골로 내려갔어. 그리고 그때부터 본격적으로 시골 깡패 생활을 시작했던 것 같구나.

---

28. 아버지,
   시골 깡패 시절의 생활이 궁금해요.

— 시골로 내려와서는 내가 여산(논산 지역 옆)을 휘어잡았어. 거기 역 앞에 다방이 하나 있었는데 거기로 주먹

꾼, 노름꾼, 사기꾼 다 모이는 거지. 내가 시골에 오자마자 우선 여산 다방을 평정했어. 황 아무개라고, 이리에서 유명한 싸움꾼이 있었는데 그 다방 근처의 중국집에서 나와 싸움이 붙은 거야. 아까도 말했지 않니? 싸움은 선방이기 때문에 내가 공격을 하자마자 나가떨어지더라고. 막 붙어서 싸우다 보니 이 녀석이 내 몸 위로 올라가 있더구나. 굉장히 잽싸고 날랜 싸움꾼이었어. 그런데 어느 순간 몸을 탁 털고 일어나더니 나를 일으키더라고. 그러고는 단번에 나를 '형님'이라고 불렀어. 어쨌든 여산에서는 나름 싸움으로 유명했던 친구인데 그날 바로 나를 형님으로 모시면서 굉장히 가까워졌지. 그러니까 그 시절의 나는 주로 도장깨기 식의 싸움을 해서 활동 영역을 넓히는 데 시간을 보내고 그랬던 것 같아. 내가 데리고 다니던 동생들 중에는 엄청난 사고를 친 녀석도 있고 나중에 시의원이 된 녀석도 있어. 그때는 정치깡패라는 게 존재하던 시기였으니까 말이다.

---

29. 아버지,
그 시절 놀랄 만한 에피소드가 있나요?

— 그 시절에 내 보디가드가 두 명 있었어. 고 아무개와 장 아무개라는 두 녀석인데 어찌나 불량하고 잔혹한지 그 둘을 상대할 사람이 없었지. 그중 장 아무개라는 녀석은 전과자였거든. 어느 날, 그 녀석이 실탄 장전된 총을 가지고 삼거리 다방에 들어간 거야. 술에 잔뜩 취해서 말이다. 그때는 다방에서 위스키를 팔았거든. 다방에서 위스키 한 잔씩 먹는 건 정말 멋지지. 건달들은 집 독에 쌀이 떨어져도 나가서 위스키 한 잔씩 하지 않니? 아무튼 그 녀석이 다방으로 실탄 장전된 총을 가지고 와서 공포를 막 쏜 거야. 다방 손님들이 난리가 나서 의자 밑으로 엎드리고 경찰들이 그 다방이 있는 빌딩을 포위한 거지. 결국 그 녀석은 잡혀서 대전 교도소로 가게 되었는데 나중에 내가 면회를 한 번 갔어. 그때 그 녀석이 어찌나 반가워하던지. 그런데 나를 보고 무슨 말을 한 줄 아니? 거기 가서 자기 아버지를 만났대. 평생 무기징역으로 살고 있는 아버지를 말이야. 어떻게 된 이야기인고 하니, 그 친구 아버지가 이북 사상이 골수에 박혀 무기징역을 살고 있었던 거지. 정말 드라마 같지 않니? 대전 교도소에서 부자가 상봉을 하다니 말이다. 그 녀석 면회를 하고 돌아나오는데 인생이 참 드라마 같더라고. 더 드라마 같은 건 뭔지 아니? 내가 수십 년 후에 사업을 하다가 부도가 나

서 대전에서 잠시 살았잖아. 그때 대전역에 앉아 있는데 누가 아는 척을 하는 거야. 그 녀석이더구나. 나를 보더니 뒤에서 끌어안고 난리더라고. 함께 점심을 먹으러 가자는데 그냥 집으로 돌아왔다. 내가 어떻게 부하한테 얻어먹겠어? 그건 있을 수 없는 일이야.

30. 아버지, 깡패 시절에는 어떤 사람들과 어울리셨어요?

— 그때 난장이라는 것이 있었는데 내가 거기서 상인들의 문제도 해결해주고 그런 일을 했었어. 그러니 주로 난장에서 사람들과 어울리곤 했지. 당시에 난장이라고 하면 군(郡)에서 허가를 내주는 거였단다. 그래서 뭐라도 장사를 하려면 사람들이 거기로 다 모여들었지. 익산 근처에서 주먹 깨나 쓰던 송 아무개라는 친구가 있었는데 나와 주먹싸움을 하다가 결국 친한 사이가 되어 당시에 자주 어울렸고, 난장에서 주판을 튕기는 친구도 잘 알았지. 지금이야 전자계산기가 있지만 그때는 주판을 잘 튕기면 그거하나로 먹고살 수 있던 시대였거든. 말하자면 주판의 명수인 거지. 그 친구 주판 놓는 거 보면 아주 반할 만해. 그리

고 난장이 잘 운영되려면 그곳에서 장사꾼들끼리 싸움이 나지 않게 잘 지켜봐야 하는데 내가 그 일을 한 거야. 데리고 다니는 아이들이 꽤 있었으니 그런 일을 했겠지.

---

31. 아버지,
    그 시절 난장이라는 곳이 왜 생겨난 걸까요?

— 그때는 모두가 농사를 짓던 시대지 않니? 농사를 짓고 추수가 끝나 농한기가 되면 할 일이 없는 거야. 그러면 사람들이 난장으로 모여드는 거지. 거기에 가면 돼지머리를 삶아 파는 곳도 있고 소머리국밥 이런 걸 팔고 그랬거든. 그리고 씨름판도 벌어지고 노름판도 벌어지고 재미있는 일이 많은 곳이니 남자들이 모여서 막걸리도 마시고 그랬어. 왜 옛날 사람들 중에는 노름으로 재산을 탕진한 사람들이 꽤 있잖아? 대부분 난장에 가서 노름꾼들에게 당하는 거야. 그들은 야바위꾼이니 도저히 이길 수 없는 구조거든. 술 한 잔 먹으러 왔다가 홀랑 돈을 날린 사람도 있고, 그러면 싸움이 나고 그러니까 내가 그런 걸 막는 거야. 행동대장 같은 아이들을 꽤 데리고 다녔지. 그때 내가 데리고 다닌 애들이 어떤 친구들인고 하니 대부분 가정

이 안 좋은 아이들이야. 내가 엄청 잘해주고 그랬어. 그러니 애들이 많이 따르기도 했고. 한마디로 난장은 음식을 팔러 오는 사람, 음식을 먹으러 오는 사람, 씨름판을 구경하러 오는 사람, 노름하러 오는 사람 등 농한기에 심심한 사람들이 몰려드는 곳이라고 생각하면 되겠구나.

32. 아버지,
깡패 생활을 하던 사람이 어떻게 결혼을 하게 된 거죠?

— 1969년인가 1970년에 선이 들어온 거야. 그때 내 나이가 서른이 넘었으니 굉장히 나이 든 총각이었던 거지. 지금이야 서른이고 마흔이고 상관없지만 당시 시골에서는 일찍들 결혼할 때라 서른 넘은 총각은 없다고 봐야 하거든. 그런데 이웃 마을에서 선이 들어온 거야. 지금처럼 다방에서 선을 본 건 아니고 그 집으로 가서 봤어. 그날은 선 볼 여자도 어디 숨었는지 안 나왔던 기억이 있구나.

33. 아버지,
그분이 제 엄마인가요? 첫인상을 기억하세요?

— 그래, 그 여자가 네 엄마란다. 첫인상이라고 말하긴 좀 그렇고, 내가 보기에는 착해 보이는 여자, 시골 여자라고 생각했던 것 같아. 사실 장모가 우리 집으로 와서 내 선을 보고 갔어. 장모, 그러니까 네 외할머니가 여장부였거든. 나를 보자마자 단박에 마음에 들었는지 일을 추진하시더라. 집은 다 쓰러져 가고, 직업도 변변치 않은데 나를 보고 뭐가 그렇게 마음에 드셨을까? 장모가 나한테도 참 잘했어. 여장부처럼 아주 화통한 분이었는데 내가 자기 딸을 그렇게 고생시켰어도 싫은 소리 한 마디 안 하셨지. 장모는 그 바닥에서 내가 싸움꾼인 거 다 알았는데도 말이다. 남자는 힘이 있어야 한다고 생각하셨던 건지, 아무튼 네 엄마의 첫 인상은 착해 보이는 시골 여자였다는 거야.

---

34. 아버지,
서울과 시골을 오가면서 매력 있는 여자들을 많이 보셨을 것
같아요. 엄마 이전에는 어떤 사람을 사귀셨어요?

— 꽤 만났지. 네 엄마도 사실 그 동네에서는 보기 드문 키에 좋은 인물이었지만 내가 서울을 오가며 화려한 여자들을 많이 봐서 그런지 내 눈에는 그저 착해 보이기만

하더라고. 사실 네 엄마 전에 만난 여자들이 있었지. 사귀던 여자가 있었는데, 내가 서울을 오가다 보니 그 여자가 우리 시골집으로 찾아갔던 모양이야. 사귀던 남자도 없는데 시골에서 어머니와 살 수 있겠어? 그래서 헤어졌고. 한 명은 여산의 순댓국집 딸이 있었어. 네 엄마와 결혼하기 3년 전인데 그 집 어머니가 나와 교제하는 걸 허락했어. 순댓국집 영업이 끝나면 내가 데리고 나가서 극장도 가고 그랬지. 그때 극장에서는 노래대회를 하기도 했는데 돈이 좀 있는 사람들이 밴드를 데려와서 극장을 운영하는 거야. 입장료를 받고 말이다. 그땐 극장에서 일할 때니까 그 친구를 데려와서 극장 구경도 시켜주고 데이트하고 그랬어.

35. 아버지,
만나던 그 여자와는 왜 결혼하지 않았어요?

— 한번은 그 집에 놀러갔는데, 여동생들이 여럿 있더라고. 그런데 노트를 보여주는 거야. 가만 보니 여동생들이 다 성(姓)이 달랐어. 쉽게 말해서 아버지가 다 다른 아이들이었던 거지. 지금 생각해보면 그게 무슨 대수라고. 그

런데 그때 나는 왜 그런지 그런 게 싫었어. 아마도 가부장적인 면이 있어서 그런 것 같구나. 형제면 성이 같아야하지 않나? 왜 모두 성이 다르지? 사실 다른 이유도 좀있긴 했는데 아무튼 나는 그런 걸 끔찍이 싫어했어. 그래서 집으로 돌아와서 그 여자에게 편지를 써서 보냈다. 아무래도 안 될 것 같다고. 내가 상처를 주고 충격을 준 거지. 지금 생각하면 미안한 일이구나.

36. 아버지,
왜 형제면 성이 다 같아야 한다고 생각하셨어요?

— 네 할아버지가 살아계실 때 우리 집이 굉장히 잘 살았었거든. 네 할머니도 부잣집 막내딸로 시집올 때 하인들이 십 리를 따라왔었다고. 네 할아버지는 머슴을 네 명씩데리고 다니셨어. 머슴이라고 하면 일꾼이지. 사냥 나가면 꿩 들고 다니는 사람, 보디가드 같은 사람, 그런 식으로 말이다. 김 아무개라고 우리 아버지 보디가드가 있었는데, 그 사람이 우리 어머니를 사랑한 거야. 왜 옛날 영화 보면 그런 게 나오지 않니? 마님을 사랑한다는 그런영화 말이다. 그런데 우리 아버지가 돌아가시고 나니 그

머슴이 점점 더 어머니를 좋아하는 티를 내고 그랬나 봐. 그래서 동네 사람들이 그 사람을 멍석말이해서 때리는 것을 어릴 때 목격한 거야. 그 시절에는 그런 게 있었다. 말하자면 옛날 법이지. 시골이고 당시는 공동체 사회니까 문제가 있는 사람은 동네에서 규율을 정하고 처벌을 하고 그랬던 모양이야. 어린 나이에 그걸 보고 좀 놀랐던 것 같아. 한 부모에 자식들은 모두 같아야 해. 재가를 하거나 그런 건 안 된다고 생각했던 모양이야. 그리고 이후에 어머니가 과부로 있으니 그런 일들이 좀 있었어. 그게 그렇게 싫더라고. 어릴 때는 그런 게 상처였던 모양이다.

37. 아버지,

할머니는 인기가 많았다는 걸로 보아 미인이셨군요.

— 우리 어머니가 미인이셨지. 부잣집 딸에 공주로 자랐다고 얘기했지 않니? 젊었을 때 그 동네에서 여우 목도리를 하고 다니는 사람은 우리 어머니밖에 없었지. 피부가 하얗고 아주 새침하니 미인이었어. 그런데 아버지가 마흔두 살에 돌아가셨으니, 어머니는 30대에 혼자가 된 거잖아. 그때는 어머니가 다른 사람을 만날지도 모른다는 불

안감, 트라우마 같은 게 있었던 것 같아. 생각해보면 그 얼마나 좋은 나이냐! 30대에 여자 혼자된다는 건, 보통 일이 아니었을 거다.

---

38. 아버지,

다른 여자들은 인연이 아니었나 봐요. 그런데 엄마처럼 순진하고 착한 여자가 왜 깡패인 아버지와 결혼을 하게 되었을까요?

— 내가 서른셋이었으니 노총각이었지. 그 시절엔 그 나이까지 장가를 안 간 사람은 거의 없었어. 선이 들어왔는데 그게 네 엄마네 집이었다. 선 놓는 사람이 장모가 될 사람과 함께 우리 집을 보러 온 거야. 집은 가난하지, 벽이며 지붕에 비가 새고 형편이 참 안 좋았어. 그런데 네 외갓집은 농사도 많이 짓고 먹고사는 건 문제가 없는 집이었어. 그런데 말이다, 사람이 연이 닿으려면 그렇게 되기도 하는 모양이다. 네 외할머니가 첫째 부인이 몸이 약해 아이를 못 낳아서 들어간 두 번째 부인이었거든. 네 외할머니는 —그러니까 내 장모님이지— 아주 여장부 같은 여자였어. 말하자면 남자도 먹여 살릴 그런 스타일이지. 그러니까 사위 될 사람이 가난하고 어떻고 그런 건

안 보신 모양이야. 인물이나 남자다움, 그런 걸 보고 내가
딱 마음에 드셨던 거지. 그리고 내가 가진 건 없어도 네
엄마를 서울로 데려갈 거라고 말했거든. 그때 서울로 간
다는 건 시골 사람들에게는 일종의 환상 같은 거야. "서
울로 간다"는 말에 남자답고 괜찮겠다 싶어서 딸을 준 건
데, 나중에는 후회를 많이 하셨겠지. 하나밖에 없는 딸을
그렇게 고생을 시켰으니 말이야.

---

39. 아버지,
두 분은 서로 사랑해서 결혼한 게 아니라, 주변 상황에 떠밀려
서 결혼을 하게 되었군요?

— 그때도 물론 사랑해서 결혼한 사람들도 있지만 부모
님 말을 따르는 시대였고, 특히 네 엄마는 착한 여자니까
장모님 말을 어기지 않았겠지. 네 엄마는 내가 보기엔 시
골 여자였지만, 친정 동네에서는 옷도 잘 입고 인기가 많
았다고 하더라. 그런데 나는 이미 서울에서 하이힐 신은
여자도 많이 봤고 내 눈에는 뭐 수수했지. 결혼하면 좋을
여자구나, 그렇게 생각했지.

40. 아버지,
결국 장모님 덕분에 결혼에 골인했군요. 장모님에 대한 특별한
기억이 있나요?

— 장모님은 한마디로 여장부지. 못하는 일이 없어. 솜씨
도 참 좋았단다. 우리 장모님이 얼마나 여장부냐 하면 아
들, 그러니까 지금 네 외삼촌이 학생 때도 말썽을 좀 부
렸어. 싸움도 곧잘 하고 다니고 말이다. 걔가 중학교 다닐
때인가, 싸움을 크게 해가지고 장모님이 씨암탉을 보자
기에 싸서 들고 판사를 찾아갈 정도였어. 그런 깡이 있었
지. 그러니 사위가 건달이어도, 집에 돈이 없어도 그런 걸
개의치 않고 딸을 보냈겠지. 내가 서울에 가서 자기 딸을
잘 살게 해줄 줄 알았던 거야.

41. 아버지,
그 시절 결혼식 준비는 어떻게 하셨어요?

— 장모님이 여장부로 참 화끈한 분이라고 했지? 네 엄
마 친정은 농사도 꽤 짓고 먹고살 만했기 때문에 장모님
이 내게 좋은 양복하고 코트를 한 벌 해주더구나. 당시에

는 양복과 코트가 꽤 비쌌는데도 읍내에 가서 옷을 해줬어. 그때는 양장을 입기 시작할 때라 양장 입고 머리 올리고, 그런 신식 결혼식을 꿈꾸던 시절이거든. 그런데 나는 네 엄마에게 그렇게 못해줬지. 네 엄마에게는 결혼할 때 아무것도 못해주다가 나중에 이리 시내에 나가서 회색 털 코트를 한 벌 해준 기억이 있는데, 네 엄마가 기억할지는 모르겠구나.

---

42. 아버지, 어머니와의 결혼식 날이 궁금해요.

— 결혼식은 신부 집 마당에서 했지. 네 엄마는 요샛말로 하면 드레스를 입고 예식장에서 신식 결혼을 하고 싶어 했지만 그러지 못했지. 그때는 서울로 간 친구들이 생기고 그러면서 신식 결혼에 대한 로망 같은 게 있던 시기였어. 논산이나 강경 읍내에 최신식 예식장도 생기고 그랬으니까. 하지만 나는 집안 형편이 안 좋았고 돈도 없었기 때문에 그렇게 해주지 못했구나. 결혼반지도 사촌 아주머니에게 빌려서 한 거라 네 엄마 손가락에 맞지 않아서 반밖에 들어가지 않았어. 지금 생각하니, 너무 미안하구나.

43. 아버지,
어떻게 반지 해줄 여력도 없이 결혼을 하셨어요?

— 그러게 말이다. 반지 해줄 돈도 없어서 금반지를 하루 빌렸고, 그렇게 신식 드레스를 입고 싶어 했는데도 결국 처갓집 마당에서 한복 입고, 족두리를 쓰고 구식 결혼식을 했지. 그리고 결혼식을 하러 네 엄마 집으로 가는데 차가 없어서 걸어갔던 기억이 있어. 그때도 트럭 같은 게 있어서 신랑이 그걸 타고 가야 하는데 돈이 없다 보니 나랑 사촌 형이랑 같이 걸어간 거야. 결혼식 날 네 엄마 표정을 보니 별로 안 좋은 것 같더구나.

44. 아버지,
결혼식 날 기억나는 에피소드가 있나요?

— 처갓집 마당에서 결혼식을 하는데 도중에 난리가 났지. 큰 싸움이 벌어졌거든. 그 시절은 제대로 먹고살지 못하는 사람들이 있던 시대 아니니. 전쟁고아가 되어 자란 아이들이 전국 각지에 각각 모여서 거지 생활을 하기도 했으니까. 그때로 말할 것 같으면 우리나라가 북한보다

못살았을 거야, 아마. 1960년대였으니까. 그런데 우리 동네에도 그런 아이들 패거리가 100명 정도 있었단다. 사실 그 녀석들은 악만 남아서 싸움이 붙으면 죽기 살기로 덤비는 애들이거든. 그중에 왕초가 있었는데 그 친구가 내 결혼식장으로 아이들을 몰고 와서 행패를 부린 거야. 거기서 내가 데리고 다니던 아이들, 그러니까 행동대원들과 싸움이 붙은 거지. 그렇게 해서 내가 신랑인데도 결혼식 하다 말고 도중에 그 싸움에 가담해서 주먹을 날리고 말았다. 신부 쪽 사람들은 놀라서 수군거리고……. 결혼식장에 한바탕 난리가 났지.

45. 아버지,
어떻게 결혼식 날 그러실 수가 있어요? 참지 그러셨어요.

— 그러게 말이다. 결혼식 날 동네 사람들이 수군거리는데, 네 엄마가 저런 깡패한테 시집가서 어떻게 하냐고들 모두 한마디씩 했지. 그리고 동네 사람들이 장모에게 왜 깡패에게 딸을 주냐고 뭐라고들 했는데 어떤 사람은 울기도 하고 그랬다더구나. 지금은 성질이 다 죽었지만 그때 내가 성격이 참 욱하고 그랬어. 옛날에는 장가를 가면

신부 쪽 사람들이 신랑을 다루는 풍습이 있지 않니? 내가 어릴 때 그걸 보니 체력이 시원찮은 신랑들은 거꾸로 매달려서 엄청 맞더라고. 아니나 다를까, 그날 저녁에 신부 쪽에서 나를 업으러 온 거야. 혼내 주려고 하는 건데 내가 그들에게 매달려 발바닥 맞을 사람이 아니잖니. 결국 무서워서 다 도망가버리더라고.

---

46. 아버지,

결혼식이 쑥대밭이 되었군요. 외할머니는 왜 그런 사람에게 딸을 시집보냈을까요?

— 장모님은 정실부인이 아니라 두 번째 부인이라는 이야기를 내가 했던가? 아들을 못 낳은 정실부인 대신 들어간 두 번째 부인인 거지. 지금이야 이해가 안 되는 일이겠지만 옛날에는 남편이 죽어도 부인들이 함께 살고 그랬지 않니? 그 집에 여자들만 있고 그러니 뭔가 힘으로 지켜줄 사람이 필요했을 수도 있겠다는 생각이 드는구나. 네 엄마 아래로 남동생 둘이 있었는데 남자아이들이 속 썩이고 그럴 때, 힘 있는 사람이 있었으면 좋겠다는 생각을 했을 수도 있지. 그리고 가장 중요한 건 내가 그때 서

울을 오가고 있었으니 아마도 서울에 대한 환상이 있었을 거야. 그때 우리 마을에서 서울을 오가는 사람은 없었거든. 장모님은 여장부처럼 화끈하고 요즘 말로 신세대 엄마였으니, 시골에 시집보내는 것보다 돈이 없어도 서울로 데려가 줄 사람이 더 좋겠다고 판단했을 거야. 물론 나중에 딸이 고생하니 후회하셨겠지만 그래도 내게는 내색한 번 없이 참 잘 대해주신 고마운 분이야.

---

47. 아버지,
그 동네에서 엄마가 인기가 꽤 많았다는 걸 아세요? 연애편지도 많이 오고 3년 동안 집 앞에서 기다린 사람도 있었다고 하더라고요.

― 나는 서울을 오가며 세련된 여자들을 많이 봤지만, 그 동네는 시골이다 보니 네 엄마가 예쁜 얼굴이었지. 시대가 그런 시대였어. 연애를 하면 다리를 부러뜨린다거나 머리를 홀랑 깎아버리는 거지. 장모가 성격이 괄괄하고 와일드하고 그랬는데도 딸이 연애를 하면 큰일이 나는 줄 알고 아마 그걸 다 막았을 거야. 그러지 않고 연애를 해서 결혼을 했다면 나를 만나 이렇게 고생하지 않았을

텐데 말이다.

48. 아버지,
어머니와의 신혼 시절은 어떻게 보내셨어요?

— 내가 결혼 전까지는 솔직히 깡패처럼 살았지만 어찌보면 그렇게 된 이유도 있으니 들어보렴. 아버지가 돌아가시고 재산을 제대로 못 지켜 가사가 기울면서 정말 피죽도 못 먹는 날이 많았거든. 그때 어떻게든 살아보려고 내가 돼지를 먹여서 한 200근 정도 되도록 키워놓은 거야. 그런데 작은형이 그걸 가지고 나갔지 뭐니. 형이 나 몰래 그걸 옆 동네 고깃집에 팔아버린 거야. 속이 얼마나 상하던지 말이다. 그리고 또 염소를 사다가 새끼 두 마리를 키웠는데 그것도 형이 가지고 나가서 팔아버렸어. 한 번은 쌀 한 스무 가마를 벌어서 뒷방에 쌓아 놓았는데 어느 날 들어와 보니 큰형이 또 열 가마를 팔아버린 거야. 영화를 하겠다고 서울로 돌아다니고 그랬거든. 어찌나 화가 나던지 나도 열 가마를 팔아서 그날 밤에 노름으로 다 날려버렸어. 막 비뚤어졌다고 해야 하나? 아무튼 그렇게 살다가 결혼이란 걸 했으니 이제부턴 좀 다르게 살아

야겠다는 생각은 했어. 신혼 생활은 잘 기억나지 않지만
어서 돈을 모아서 서울로 가자, 서울로 가서 잘 살아보자
그런 생각을 했던 것 같아. 그때는 돈이 벌리는 대로 전
부 이불 속에 넣었어. 은행이고 뭐고 돈이 모이면 서랍
같은 곳에 차곡차곡 쌓았단다. 그러다가 금방 첫아이, 네
오빠를 낳았지.

---

49. 아버지,
결혼 이후에도 계속 서울과 시골을 오가면서 사셨나요?

― 그렇단다. 서울에 올라가서 뭔가 해야겠다, 이런 꿈
을 꾸었어. 그래서 서울에 있다가 시골집에 내려가면 네
엄마가 애 둘을 데리고 농사도 짓고 돼지도 먹이고 그러
고 있더라고. 그때 네 엄마가 우리 어머니와 함께 살았는
데, 시어머니는 일이라고는 전혀 할 줄 모르지, 남편은 없
지……. 그러니까 네 엄마가 만날 장독대에 앉아 울고 그
랬을 거다.

50. 아버지,

오빠가 7개월인가 되었을 때 엄마가 친정으로 도망갔다고 들
은 적이 있어요.

— 내가 그때는 성격이 불같고 그랬어. 서울에 가서 돈도
벌고 잘 살아보고 싶었는데 일이 뜻대로 되는 게 아닌 걸
그때는 몰랐지. 대답하기 곤란하지만 네 엄마에게 나는
좋은 남편이 아니었지. 돈 벌어서 한번 같이 잘 살아보고
싶었지만 그게 뜻대로 안 되고, 또 나는 서울에 있고 네
엄마는 시골에서 시어머니랑 살고 그러니 네 엄마가 도
저히 안 되겠는지 친정으로 도망갔다고. 아마 나하고 안
살려고 그랬던 모양이야.

51. 아버지,

친정으로 도망간 엄마는 왜 다시 집으로 돌아왔을까요?

— 네 오빠가 7개월이었는데 젖을 못 먹고 그러니 삐쩍
말랐을 거야. 그때 누군가 네 엄마에게 가서 아기가 다
죽게 생겼다고, 애가 걸어 다닐 때까지만 키우고 가달라
고 부탁을 했던 모양이야. 네 엄마가 집에 오니까 어떻게

알았는지 아기가 기어서 곧장 엄마한테 가더라고. 겨우 며칠 떨어져 있었는데 엄마를 알아본 거지. 그때 네 엄마가 나랑 진짜 살기 싫었을 텐데, 자식이 매달리니까 어쩌겠니. 그때는 지금과 달리 자식 때문에 다들 그렇게 살았어. 그러다가 둘째가 또 생기면서 네 엄마가 마음으로 포기하고 그냥 살지 않았을까 싶구나.

---

52. 아버지,
그때 왜 아빠만 서울에 계시고 식구들은 나중에 올라왔나요?

― 그때 내가 시골에서 80킬로그램짜리 쌀 170가마를 모았어. 논은 한 3천 평쯤 샀을 거야. 그걸 팔아서 서울로 간 거지. 나는 야망이 있는 사람 아니니. 그 돈으로 서울에서 택시 여섯 대를 샀어. 네 엄마는 시골에서 돼지를 먹이고 있었고. 그런데 지금 생각해보니 왜 그랬는지 모르겠다. 네 엄마가 그때 나이라 봐야 이십 대 중반이었는데. 그 나이에 돼지 먹이고 아기 업고 돼지를 팔러가는 여자는 아마 네 엄마밖에 없었을 거야. 네 엄마가 생활력은 정말 강하지. 서울에 있다가 시골에 가면 네 언니가 세 살인가 그랬거든. 하루 같이 보내다가 다시 서울로

가려고 하면 어린애가 내 바지자락을 붙들고 늘어지더라
고. 아직 말은 못 해도 가지 말라고 그랬던 모양이야. 그
럼 나는 익산역까지 갔다가 그게 눈에 밟혀서 다시 돌아
와 하룻밤 더 자고 가고 그랬단다.

53. 아버지,
시골에서 혼자 자식들을 키우며 엄마가 어떻게 지내셨는지 아
세요?

— 네 엄마가 나와 열 살 차이가 나니 그때 네 엄마가 스
물서넛밖에 더 되었겠니? 세상에 요즘으로 보면 얼마나
어린 나이니. 그 나이에 남편이 서울로 올라가면 혼자 시
어머니와 자식 둘을 키우면서 산 거야. 게다가 우리 어머
니가 며느리를 도와줄 사람도 아니었으니 정말 힘들었을
게다. 하루는 네 엄마가 이런 얘길 하더라고. 둘째인 갓난
애는 업고 큰애인 네 오빠는 손을 잡고 논으로 일하러 가
는 거야. 논두렁 끝에 애 둘을 올려놓고 네 엄마가 일을
하면서 허리를 숙이면 두 애가 엄마 죽었다고 울더래. 다
시 허리를 들고 애들을 쳐다보면 방긋방긋 웃고, 다시 허
리를 숙이면 애들이 울고……. 네 엄마가 그렇게 살았어.

돌이켜보면 나 같은 깡패, 한량을 만나서 고생만 했으니 참으로 불쌍한 사람이지. 표현을 못 해서 그렇지 미안한 마음이 왜 없겠어.

---

54. 아버지,
서울에서 시골집으로 올 때면 엄마 일을 도와주시긴 하셨어요?

― 그때 네 엄마가 돼지를 먹이고 있었기 때문에 내가 돼지 축사를 만들어 주었어. 나는 한편으론 아주 깔끔한 성격이잖아. 그래서 돼지 축사를 짓는데 자갈을 깔고 경사지게 해서 오물이 한쪽으로 흘러내리도록 잘 지었어. 네 엄마는 돼지 집을 뭘 그리 고민하며 짓나 했지만 내가 안 했으면 안 했지, 한번 하면 또 일을 완벽하게 하려는 그런 면이 있어. 그때 서울에서 돈을 벌어 가져다주면 네 엄마가 차곡차곡 모았지. 돼지도 점점 늘려가고 그랬어.

---

55. 아버지,
서울에서 처음 시작하신 일은 택시 일인가요?

— 그래, 시골에서 종잣돈을 만들어 올라와서 서울에서 택시를 샀어. 그때 돈이 꽤 잘 벌렸는데 집을 사지 않고 왜 셋방살이를 했는지 모르겠구나. 그땐 서울 땅값이며 집값이 정말 쌌거든. 나는 집을 사지 않고 셋방살이를 하면서 택시를 여러 대 샀어. 그렇게 조금씩 자리를 잡아가면서 시골에 있는 식구들을 데려오려고 했는데, 그 즈음 서울에 택시 수가 너무 많아지기 시작하는 거야. 나는 아무래도 주먹을 쓰고 그러던 사람이라 사업이나 그런 쪽으로는 모르잖니. 그때 조금 더 버텼으면 좋았을걸 적성에 안 맞게 느껴져서 그만 택시를 헐값에 다 팔아버리고 말았다. 그러고는 더는 혼자 살 수가 없어서 세 식구를 서울로 데려와 미아리에서 셋방살이를 시작했지. 너는 서울에 올라와서 낳았어. 셋 중에 너만 서울 태생이구나.

---

56. 아버지,
    제가 태어났을 때를 기억하세요?

— 너는 우리 식구들을 데리고 서울로 올라와서 미아리에서 살 때 낳았지. 거기 어느 집에 세를 살았는데 작은 방, 그러니까 주인네 옆방인데 길가 방에서 너를 낳았어.

병원에서 낳지 않고 집에서 낳았지. 그게 옛날에는 세 살
던 방이 얼마나 위험했던지, 부엌에서 방으로 이어지는
곳에 연탄아궁이가 있었는데 자칫하면 애가 화상을 입을
수도 있는 거지. 그러니 얼마나 조심하면서 애를 키워야
겠니? 네 엄마가 한순간도 눈을 떼지 않고 키웠으니 셋
중에 한 명도 화상을 안 입었지. 그런 환경에서 애를 낳
고 키우고 그렇게 살았구나.

57. 아버지,
그런 환경에서 왜 그렇게 자식을 많이 낳으셨어요?

― 나는 어릴 때부터 뭐든 욕심이 있었어. 성공하고 싶은
욕심, 돈을 많이 벌고 싶은 욕심, 남에게 지지 않으려고
하는 욕심 말이다. 그러니 자식도 많이 낳으려고 했던 것
같아. 능력도 없으면서 그랬구나. 나중에 보니 나처럼 깡
패 생활을 하고 그런 사람 중에 정상적으로 가정을 꾸리
고 사는 사람이 없더라고. 다들 끝이 안 좋다고 해야 하
나? 아무튼 그렇게 자식에 대한 애착이 많았어. 그래서
네 엄마가 힘들게 살았지. 깡패, 건달 이런 출신의 사람들
은 말이다. 집에 쌀이 떨어져도 그걸 내색하지 않는 사람

들이야. 쉽게 말해서 솥에 끓일 것이 없어도 다방에서 커피 한 잔은 마셔야 하는 허영이란 게 있지. 나는 특히 그랬어. 없이 살아도 물 한 잔 마시고도 고기라도 먹은 것처럼 이쑤시개를 물고 다니고 그랬으니까. 한마디로 폼이 중요하다고 해야 하나? 그러니 나 같은 사람들의 가족은 힘들 수밖에 없지. 폼이 중요한 사람인데 가정을 꾸리고 자식을 낳고 살아가려니 모두가 힘들게 살았다는 생각이 드는구나.

---

58. 아버지,
택시 일을 하시다가 왜 중장비 일을 시작하게 되셨어요?

— 너도 알다시피 나는 주먹을 쓰고 그렇게 살던 사람이다 보니 택시 일이 적성에 안 맞았어. 그리고 그때는 택시 강도들도 있었거든. 주변에서 강도가 택시에 타서 목을 조르고 돈을 빼앗는 경우도 보았고, 한번은 강도들이 내 택시에 타서 밤새도록 끌고 다닌 적도 있었어. 나중에 한 명씩 내리는데 내가 청량리 경찰서에 가서 신고를 했다고. 말하자면 강도 미수자들이지. 그때 형사가 나보고 그러더라. 죽을 뻔하셨으니 두 번 사는 거라고. 뭘 열심히

하는 성격이 아닌 데다 그런 일들을 겪으면서 택시를 헐값에 팔아버린 거지. 그러고는 네 큰고모부를 따라서 중장비 일을 시작했다.

---

59. 아버지,
그래도 택시 일을 하면서 보람된 일이 있지 않으세요?

— 물론이지. 그 일은 지금도 잊히지 않는구나. 어느 날 택시 일을 하면서 성북역에서 손님을 기다리고 있는데 내 차를 포함해서 빈 택시가 한 열 대 정도 서 있었어. 그런데 어떤 아주머니가 여자아이를 안고 뛰어오는데 척 봐도 무슨 큰일이 생긴 것 같았지. 그 아이 엄마가 철도 건너편에서 일을 하고 있던 모양인데, 아이가 철도를 오가면서 엄마에게 과자를 받아먹고 그랬나 봐. 그런데 아이가 철도를 건너다가 그만 기차에 치이고 말았단다. 그 아이 엄마가 놀라서 성북역으로 애를 안고 뛰어온 건데, 가만 보니 다리가 잘려서 없더라고. 택시 기사들이 기겁을 하고 아무도 태우지 않더구나. 그래서 내가 그 애를 안아서 택시에 태우고 노끈 같은 걸로 허벅지를 묶었어. 피가 너무 많이 나니까 빨리 병원으로 가야겠다는 생각

만 했지. 아마 라이트를 켜고 용산의 철도 병원으로 급하게 차를 몰았던 것 같아. 그러고는 애를 응급 수술을 하고 입원시켰는데 그날 택시 일은 공치고 집에 돌아와 보니 차 뒷좌석 시트가 피에 다 젖었더라고. 다음 날인가 누가 라디오 뉴스에서 들었다고 얘기를 해주더라고. 그날 철도 병원에서 아이 엄마가 고맙다고 연신 고개를 숙였어. 수술하고 나온 그 아이 얼굴이 아직도 눈에 선한데 내가 택시 일을 하면서 가장 보람된 일이었던 것 같구나.

---

60. 아버지,
택시 일을 하실 때 우리 가족은 참 많이 놀러 다녔던 것 같아요.

— 그렇지. 택시가 이틀 일하고 하루 쉬고 그랬으니 정말 많이 놀러 다녔지. 그리고 나는 열심히 일하는 타입이 아니지 않니. 쉬는 날에는 무조건 놀러갔던 것 같아. 아무래도 차가 있으니 기동력이 좋기 때문에 한탄강, 여주, 이천, 팔당, 경포대까지 하루가 멀다 하고 놀러 다녔구나. 주로 함께 택시 일을 하는 가족들끼리 놀러 가는 거야. 택시 7~8대가 함께 가는 거지. 그때는 먹을거리를 준비해서 차에 싣고 놀러 가곤 했어. 한번은 경포대를 가는데

중간에 비가 너무 쏟아져서 결국 강원도 가는 길 어느 다리 밑에서 다 함께 밥을 해먹었어. 7~8 가족이니 인원이 수십 명은 되었지. 지금 와서 생각해보면 아이들은 어리고, 나도 젊었고……. 그때가 참 재미있었던 것 같구나.

61. 아버지,
제가 어릴 때 모습이 기억나세요?

— 두 가지가 떠오르는구나. 하나는 너 어릴 때인데 내가 택시에 태우고 다니면 거리의 간판을 줄줄 읽더라. 겨우 세 살 먹은 애가 한글을 가르치지 않았는데도 눈에 보이는 간판을 다 읽는 거야. 옆에 안전벨트를 하고 태우고 가는데 떡집이면 떡집, 간판을 다 줄줄이 읽어. 애가 언어적으로 재능이 있나 싶어서 속으로 신기하다고 생각했지. 또 하나는 너 초등학교 때인가 갑상선에 문제가 생겨서 갑자기 살이 10킬로그램 이상 빠져버리는 거야. 소아암이라는 것도 있으니 너무 놀라고 겁이 덜컥 나서 곧바로 큰 병원으로 데려갔어. 내가 아마 의사를 붙들고 우리애 좀 살려 달라고 그랬던 것 같구나. 잘못될까 봐 너무 무서웠어. 그리고 병원에 다니면서 점점 좋아졌는데, 몇

년 동안 내가 택시를 태워서 데리고 갔던 기억이 있구나.

62. 아버지,
왜 큰딸에게 판사나 검사가 되라고 하셨나요?

— 나는 성격적으로 우리 아버지가 나에게 잘한다, 너는
커서 뭐가 되라, 이런 말을 하시면 부담스러워하지 않고
더 힘이 나는 그런 스타일이었거든. 그러니 내가 자식에
게 그런 말을 하는 게 나쁜 영향을 주는지 몰랐던 거지.
그리고 네 언니가 당시에 공부를 엄청 잘했어. 그러다 보
니 내가 건달 생활도 하고, 지금 이렇게 택시 운전을 하
지만 자식 하나는 성공시켜야겠다, 그런 생각을 했던 모
양이야. 그런데 왜 그런지 애가 갑자기 공부도 안 하고
학교에 가기 싫다고 그러는 거야. 어찌나 속을 썩이던
지…… 그때 우리가 집을 지었잖아. 그러니 집을 짓는다
고 하다가 액운이 들어온 건가 싶은 생각도 하고 그랬어.
그 시절에는 공부를 잘해야 성공하던 시대 아니니. 지금
생각해보면 순전히 내 욕망이지.

63. 아버지,
오빠는 씨름을 시키셨잖아요. 아버지가 어릴 때 씨름을 잘했기 때문에 기대하신 건가요?

― 내가 어릴 때 씨름으로 동네에서 날렸으니 아마 그런 기대를 했던 것 같구나. 어릴 때 우리 아버지가 나 때문에 씨름대회도 열고 그랬거든. 내가 송아지를 타서 집으로 돌아오면 아버지가 그렇게 기뻐하시더라고. 그런데 아들을 낳았고 초등학생이 되어서 씨름을 시켰더니 곧 잘 하는 거야. 그리고 그때는 씨름이 인기가 있던 시대였거든. 네 오빠가 씨름부에 들어가면서 대회에 나가면 내가 택시를 몰고 네 엄마와 함께 경기를 보러 다녔어. 네 오빠가 다른 것보다 뒤집기 기술이 아주 좋았단다. 그런데 하루는 뒤집기를 하다가 깔렸는데 애가 숨을 못 쉬더라고. 심장이 좀 약한데 꽉 조였던 모양이야. 이러다 큰일나겠다 싶어서 씨름을 중단시켰어. 결국 씨름을 그만두게 되었지만 그때 네 오빠랑 씨름부에 같이 있던 친구들이 나중에 유명해지기도 했지.

64. 아버지,
자식을 키우면서 지금 후회되는 점이 있나요? 결국 아버지의
꿈을 이루어준 자식은 한 명도 없는 것 같아요.

— 아니, 나는 후회되는 게 하나도 없어. 어쨌든 너희가
이렇게 다 잘 커주었으니 후회되는 게 없지. 그리고 살다
보니 후회가 다 없어지더라. 내가 이루지 못한 것들, 내가
실수한 것들을 자꾸 생각하면 뭐하니. 그렇다고 되돌아
갈 수도 없는걸. 과거는 지나가버렸기 때문에 어떻게 할
수 있는 게 아니야. 이미 지나간 것은 흘려보내고 그냥
현재 삶에 만족하면서 살아야 해.

65. 아버지,
중장비 사업은 왜 어려워지게 되었나요?

— 그때 택시 일이 너무 하기 싫으니까 네 큰고모부를 따
라서 중장비 일을 시작했어. 인생이란 게 연습도 없고 당
시에는 모르는 거지. 지금 생각해보니 열심히 택시 일을
했다면 네 엄마와 너희들 고생 안 시켰겠지만 그때는 젊
고 꿈이 있고 그러다 보니 중장비 사업을 시작하게 된 거

야. 그때는 개발 논리가 뜨겁던 시대니까 국책 사업이나 대규모 프로젝트들이 넘치던 시기였거든. 뭔가 큰돈을 벌 수 있을 줄 알았어. 지하철 공사니 뭐니 일이 끊이질 않는다고 들었단다. 그런데 지금에 와서 돌이켜보니 내가 사업에 대해 문외한이었던 거야. 내 장비를 현장으로 일을 보내면 건설사에서 그걸 현금으로 지급하는 게 아니라 어음을 발행했거든. 그게 수백 장이 쌓여 받을 돈의 규모가 엄청나게 커졌는데 그만 건설사가 부도가 난 거야. 누군가는 일부러 부도를 냈다고도 하더구나. 그게 1996년인가 IMF 구제금융 사태가 벌어졌을 그 시기구나.

---

66. 아버지,

중장비 사업이 망했던 그때를 저도 생생히 기억해요. 우리 집 가구들에 모두 빨간 딱지가 붙고 그랬죠.

— 그래, 그때 내 나이 60이었지. 너도 알다시피 그때 우리가 살던 수유리 3층 집은 손수 다 내가 지은 것 아니니. 부도가 나기 전에 그 집을 팔았다면 어땠을까? 그때를 생각하면 너무 마음이 아프기 때문에 잘 생각하지 않으려고 하지만 그 집을 포기할 수가 없었다. 시골에서 올

라와서 처음으로 마련한 내 집이었고, 또 헌 집을 3층 집으로 새로 지으면서 그 집은 내 모든 것이었기 때문이야. 그런 집을 그냥 포기하는 게 그때는 안 되더라고. 어차피 내 집으로 남지도 않을 집을 부여잡고 있다가 결국 허망하게 은행에 넘어가고 말았구나.

---

67. 아버지,
아버지는 사업을 할 타입은 아닌 것 같아요. 셈이나 계산에 빠르지 않은 사람이니까요. 하던 사업이 잘못되고 집도 날리고 말았을 때 어떤 심정이셨어요?

― 그건 한마디로 말하면 죽을 맛인 거지. 아니, 실제로 죽으려고도 했던 것 같아. 하지만 너희들 덕분에 지금까지 살았겠지. 너도 알다시피 사업이 부도나고 집이 경매로 넘어갔을 때 식당이라도 해야겠기에 전라남도 순천으로 갔어. 무슨 계곡이 있는 산이었는데 거기서 닭백숙 장사를 하려고 하니 절로 한숨이 나오더라. 내가 왜 여기에 와 있나, 그런 생각이 들고 말이야. 네 엄마는 뭐든지 하자고 했지만 왜 그런지 여기 있다가는 살아서 못 나갈 것 같더라. 눈물이 비 오듯 나면서 아무래도 안 되겠더라고.

순천은 너무 멀다는 생각이 들어서 다음엔 충남 논산으로 가게 된 거지. 거기서 2년 장사를 하고 다시 대전으로 와서 장사를 했어. 그때 우리 식구들이 뿔뿔이 흩어져서 살지 않았니? 정말 힘들었지만 한편으로는 어서 재기를 해야지, 하는 희망도 있던 시기였다.

---

68. 아버지,
아버지 인생에서 처음이자 마지막 소유였던 수유리(수유동) 집이 기억나세요?

— 아무렴, 기억나지. 처음 서울에 올라와서 미아리에 세를 살다가 수유리로 이사를 왔어. 거기서도 또 세를 살고 있는데, 마침 수유리 그 집이 매물로 나온 거야. 아주 헌 집이었는데 값이 싸게 나오기도 했고 왜 그런지 그 집을 꼭 사야겠다는 마음이 생기더라고. 그때가 내 나이 40대였구나, 지금 생각해보니 참 젊은 나이네. 그때 대출을 좀 끼긴 했지만 처음으로 집을 샀는데 그게 얼마나 좋던지 말이야. 네 엄마하고 나하고 웬걸, 세상을 다 얻은 기분이었지. 그 집 터가 꽤 넓지 않니? 마당이 있고, 화단도 있고, 연탄 광도 있고, 광 위에는 장독대도 있었지. 그래, 참

좋았어. 마당에 대추나무도 심었으니까. 거실에는 툇마루가 있어서 햇볕이 좋을 땐 너희들 눕혀 놓고 네 엄마가 머리에 이도 잡고 그랬단다. 그때는 애들 머리에 이가 있었거든.

---

69. **아버지,**
    그 집에서 우리는 개를 많이 키웠던 것 같아요.

— 개를 많이 키웠지. 네 오빠가 개를 엄청 예뻐했어. 옛날 집들은 구조가 좀 특이했는데 우리 집 안방 위에 다락이 있었어. 너희들이 거기서 자주 놀고 그랬단다. 그런데 대출이 많다 보니 아마 우리도 세를 많이 주었을 거야. 그때는 한 집에 여러 세대가 같이 살고 그랬거든. 동네에 여러 사람들이 북적북적 모여 살았어. 그 동네에 내 여동생들도 살고 같이 택시 하는 사람들도 모여서 살았으니 생각해보면 그때가 재밌었지.

70. 아버지,
그때 윗집 아저씨와 싸움이 붙어서 한 손으로 사람을 들었다는
이야기를 들은 적이 있어요. 그게 사실이에요?

— 우리 윗집에도 택시 운전사가 살았어. 어느 날 내가
일을 하고 돌아오니 이 사람이 네 엄마를 막 다그치면서
험한 말을 하는 걸 본 거야. 그래서 내가 당장 달려가서
그 사람 멱살을 한 손으로 잡아서 올린 거지. 평범하게
살려고 했는데 오랜만에 싸움꾼 본색이 나온 거야. 한방
에 들어 올려서 내팽개치니 그 녀석이 덜덜 떨면서 도망
가더라고. 내가 이야기했지 않니? 싸움은 기선제압을 하
고 선방을 치면 80퍼센트는 이긴다고 말이다. 지금이야
다 늙었지만 그때는 참 한 성질 했어. 힘도 장사였지. 물
론 세월이 흐르니 그런 성질이 다져지고 참을성도 생기
고 그렇더구나.

71. 아버지,
그때 택시 운전을 하시면서 퇴근길에 꼭 먹을 걸 사오셨어요.
기억하세요?

— 그래, 일 끝나고 들어가는 길에 항상 너희들 먹을 걸 사가지고 갔지. 우리 동네 골목에 그 빵집, 맛나당인가? 거기에 들러서 빵을 사거나 슈퍼에서 딸기맛 산도 그런 걸 사가지고 들어갔어. 경희는 자다가도 언니랑 오빠가 뭐라도 먹는 소리가 나면 벌떡 일어나서 눈을 감고 빵을 먹었지. 참, 수박도 많이 사갔다. 수박 큰 거 한 통을 사가지고 가면 네 엄마가 화채를 했지. 네 엄마랑 나랑 사이는 안 좋았지만 둘 다 자식에 대한 애착은 엄청 강했어. 그러니 50년을 함께 살았겠지. 네 엄마도 나랑 안 살려고 했는데 네 언니가 생기면서 옛날 말로 곰방이 풀렸어('어색함이 풀렸다'는 의미). 자식 때문에 다 그렇게 살고 그랬구나, 우리 시대에는.

72. 아버지,
수유리 낡은 집을 새로 지을 때가 기억나세요?

— 그럼. 내가 그 집 짓는다고 고생을 참 많이 했지. 계단에 놓을 돌 하나하나 다 신경을 썼고, 벽돌 사이에 흰 걸 넣을까, 검은 걸 넣을까, 그런 것도 엄청 고민했었지. 어디 그뿐이니. 현관문이나 방문 손잡이도 열 번 더 고민하

면서 지었으니까. 3층 집이었는데 한 층 올릴 때마다 고사도 지냈지. 그 집 지을 때 세상을 다 얻은 것처럼 행복했어. 나중에 내 사업이 어려워지면서 결국에는 집을 지키지 못했지만, 왜 그런지 그 집을 팔고 싶지가 않더라. 네 엄마는 어서 집을 팔고 작은 데로 가자고 했지만 나는 그게 안 되는 거야. 이상하게 그걸 놓기가 싫더라고. 어렵게 살다가 처음으로 산 집이니까 그랬겠지.

---

73. 아버지,
수유리의 그 집은 어떤 의미인가요?

— 1층에서 3층까지 있고 우리가 3층에 살면서 세를 주었지. 아니, 옥탑방이 있었으니 4층이구나. 수유리 집은 추억이 많은 곳이지. 내가 거기서 40대, 50대를 다 보낸 곳이지 않니. 환갑 즈음에 사업이 잘못되면서 결국 그 집도 날리고, 그 동네도 떠났지만 말이다. 전라도 익산이 내가 청춘을 보낸 곳이라면 수유리는 내가 중년의 시기를 보낸 곳이라고 할 수 있겠구나. 내 삶이 거기 다 있었잖아.

74. 아버지,
그때가 아버지 인생에서 가장 행복했던 때인가요?

— 워낙 내가 노총각으로 늦게 결혼해서 자식을 보았지 않니. 그때는 서른세 살에 장가가는 사람은 없었어. 그러니 자식이 눈에 넣어도 안 아프지. 내가 운전이라도 해서 수박을 사오고, 크리스마스 때 너희 자는 머리맡에 과자도 놓아주고……. 그때가 행복했던 것 같구나. 우리가 다 함께 살 때 말이다. 풍족하지는 않았지만 자식 공부 잘하지, 대출은 있지만 집이라도 있지, 돌이켜보면 다 같이 살 때, 그때가 참 좋았던 것 같다.

75. 아버지,
그런데 그때 왜 그렇게 술을 많이 드셨나요?

— 술 참 많이 먹었지. 나는 술이 안 받는 체질인데도 그렇게 술을 많이 먹었구나. 왜 마셨냐고 물어보면 글쎄, 인생이 안 풀려서라고 해야 하나? 사는 게 참 힘들고 괴로웠어. 타고난 성향이 욕심은 많고, 뭘 해야겠는데 뜻대로 안 되고, 뭔가가 안 맞는 거야. 지금이야 나이가 들면

서 안 되는 일은 포기하고 그러지만 그때는 젊지 않니?
한번 잘 살아보고 싶기도 하고 아무튼 다 욕심 때문인 것
같구나.

---

76. 아버지,
자식들이 다 한 번씩 크게 속을 썩였죠?

— 다들 속을 좀 썩였지. 네 언니는 사춘기가 와서 그렇게
공부를 잘하던 녀석이 학교에 안 가겠다고 속을 썩였어.
내가 택시에 태워서 학교 정문 앞에 데려다주고 나오는
데 어찌나 마음이 상하던지, 그때 집을 잘 못 지어서 부정
이 타서 그런가 싶은 마음도 들었어. 네 오빠는 군대 들어
가서 최전방에 배치가 되는 바람에 속이 좀 썩였지. 그때
는 대학생도 지금처럼 많지 않았거든. 서울에 사는 데다
가 대학생이라고 하니 군대에서 괴롭힘을 좀 심하게 당했
더라고. 면회를 갔는데 애가 진짜 불쌍한 얼굴을 하고 있
었어. 마치 해골처럼 비쩍 말라가지고. 그걸 보고 네 엄마
는 안절부절못했지. 그리고 매주 면회를 갔는데 아마 우
리처럼 자주 면회 가는 사람도 흔치 않았을 거야. 너는 뭐
말할 것도 없지. 대학을 안 간다고 집을 나가지 않았니.

77. 아버지,
제가 가출했을 때를 기억하세요?

— 네가 대학을 안 가고 미용을 배우겠다고 했지. 그래서 처음으로 회초리를 때린 기억이 있구나. 그게 처음이자 마지막일 거야. 나는 자식에게 손을 대지 않고 살았거든. 내가 옛날 사람이다 보니 어떻게든 대학은 나와야 한다는 생각을 가지고 있었어. 그런데 네가 대학교 원서를 내놓고 갑자기 집을 나가버린 거야. 1995년이던가, 애는 집을 나갔지 대학 등록일은 다가오지, 그 등록을 안 하면 입학을 못하는 거지 않니. 그런데 네 엄마가 애가 돌아올지 안 돌아올지 모르지만 일단 그 돈을 버리더라도 등록을 하자고 했어. 그래서 네 언니가 그 대학교가 있던 지방까지 가서 등록을 했지. 너무 오래돼서 기억이 잘 안 나지만 참, 그런 일도 있었구나.

78. 아버지,
딸이 사라지고 난 후 어떤 심정이셨어요?

— 그렇게 물어보니 뭐가 생각나는고 하니, 내가 속이 얼

마나 타들어가고 아팠으면, 또 얼마나 보고 싶으면……
지하철 정류장마다 승강기가 있지 않니? 거기서 사람들
이 타고 내려오는 걸 다 지켜보는 거야. 아침부터 밤이
될 때까지. 오늘은 동대문역, 내일은 서울역, 이런 식으로
말이다. 혹시 네가 보일까 봐. 언제 지나갈지 안 지나갈지
도 모르는데 하루 종일 너를 찾아다녔지. 자식이 집에 안
들어온다는 것은 참…… 한 열흘, 아니 보름쯤 되었던가?
그 심정은 말로 다 할 수 없지.

---

79. 아버지,

**이제와 생각해보니 제가 정말 철이 없고 생각이 짧았어요. 그
때 제가 집에 돌아왔을 때 어떤 기분이셨어요?**

— 집으로 돌아와서 얼굴이라도 보니 살겠더라. 너 그때
아파가지고 비쩍 말라서 보름 만에 집으로 돌아왔잖아.
부모는 그래. 자식이 돌아와서 눈앞에 나타나면 된 거야.
자식이 하루만 연락이 안 되어도 얼마나 미칠 노릇이니.
아무튼 집으로 돌아왔으니 된 거다.

80. 아버지,
자식을 처음으로 결혼시킬 때가 생각이 나세요?

— 기억나지. 네 언니가 처음으로 결혼을 했으니까. 결혼
식 전날 밤에 다 같이 수유리 집 안방에서 함께 잤지 않
니? 그날 밤에도 울고 아침에도 울었지, 아마. 이제 딸이
내 손에서 떠나가는구나, 그런 생각이 든 거지. 내가 너희
큰고모, 그러니까 내 바로 아래 여동생 시집보낼 때도 그
렇게 울었어. 특히 네 큰고모는 너무 먹을 게 없이 살다
가 시집을 보내려니 마음이 아프더라고.

81. 아버지,
그림을 배우길 잘하신 것 같아요. 요즘은 어떤 그림을 그리세요?

— 요새는 크로키를 배우고 있어. 어제까지는 손을 이렇
게 폈다가 주먹 쥐었다가 하는 걸 그렸고 다음 주엔 발
그리는 걸 배울 예정이지. 내가 그림을 배운 지 벌써 5년
이 됐다. 동네 친구가 그림 그리는 걸 보고 아는 선생님
에게 가서 배우자고 하더라고. 그래서 한 번 상담을 하고
거기서 딴 사람들 그리는 걸 보니까 이건 내가 할 수 있

겠다 싶은 거야. 그래서 그림에 빠져들어간 거지. 처음에
동양화로 산수화를 그렸고, 그 다음은 연필 세밀화도 배
웠지. 배울 게 얼마나 많은지 모른다.

---

82. 아버지,
70살이 넘어서 재능을 찾으신 것 같아요.

— 그렇지. 어느 계기를 통해서 내 재능을 찾는 게 아닌
가 싶구나. 그건 젊을 때 찾을 수도 있고 나처럼 늙어서
찾을 수도 있지. 하긴 그림 그리기 전에는 서예도 꾸준히
했어. 배우고 싶은 건 지금도 너무 많단다. 그림 그리고
글씨 쓰고 이러면 정신도 맑아지고 또 치매 예방도 된다
고 하더라. 이게 엄청 집중을 하는 거니까.

---

83. 아버지,
하루 일과는 어떻게 되나요?

— 내 하루 일과는 아침에 운동하고 와서 목욕하고, 오

후에는 두어 시간 그림을 그리지. 그리고 저녁에는 밥을 해. 내가 밥을 한 지는 5~6년 정도 되는 것 같구나. 이건 내가 해야 하는 거다, 싶어서 이제 밥하는 게 몸에 뱄어. 딱 그 시간 되면 하는 거지. 나는 쌀도 딱 40분 정확히 담가서 밥을 해. 매일 청소하고, 세탁기 돌리고, 빨래 개고 그런 게 내 일과지. 네 엄마는 자기 꺼 하고 나는 내 꺼 하고, 그렇게 각자 일을 하는 거야.

---

84. 아버지,
젊었을 때 나름 화려하게 산 사람이잖아요. 지금의 소소한 생활에 만족하세요?

— 나는 만족해. 만족 안 하면 별수 있니? 만족하고 사는 게 좋은 거야. 그리고 또 모르지, 꿈이 이루어질지. 사람은 꿈이 없으면 못 사는 거야. 희망이 없는 것, 그거야말로 죽은 목숨이거든. 안 이루어져도 희망을 가지면 사람이 행복하잖아. 되도 좋고 안 되도 희망을 갖고 주어진 조건에 만족하면서 사는 게 정신 건강에 좋은 거란다. 너희들도 앞으로 더 잘 살겠지. 꿈이 이루어지든 아니든, 그냥 '이루어질 거야!' 하고 마음먹고 사는 거야.

85. 아버지,
우리가 어떤 아버지로 기억하길 바라세요?

— 글쎄, 어떤 아버지로 기억되는가 하는 건 너희들 몫이지, 내가 말할 건 아니지 않니? 그건 오로지 너희들 몫이야. 그저 지금 내 꿈이라면 너희들 모두 건강히 잘 살면 되는 거지. 내가 어떤 사람일까? 엊그제 내가 그림 배우는 곳에 다니는 전직 조종사 분들이 나를 며칠째 지켜보면서 이렇게 묻는 거야. 대체 예전에 뭐하던 분이시냐고. 보통 웬만한 사람들은 과거에 뭐하고 살았는지 대충 짐작이 가는데 나는 도통 뭐하던 사람인지 모르겠다는 거야. 그렇지, 나는 그런 사람이지. 한번은 그림 수업하는 날 다들 빙 돌아가면서 자기소개를 했어. 나는 몇 살이고 무슨 일을 하던 사람이다, 이렇게 말이다. 나는 일어나서 그랬지. 무슨 일을 하던 사람인지가 뭐가 중요하냐고. 나는 마흔여덟 살이다, 라고 말이야.

86. 아버지,
하나뿐인 아들에게 바라는 것이 있으신가요?

— 그래, 딸은 둘이지만 아들은 하나지. 내가 표현은 안 하지만 고생하며 살고 있으니 항상 목에 가시 걸린 것처럼 마음이 아프구나. 바라는 게 어디 있어, 저나 잘 살면 그만이지. 하지만 나는 아들 딸 차별, 이런 건 모르고 살았어. 항상 똑같았지. 주변에 내 또래 사람들이 아들만 알고 딸에게 소홀하게 하는 걸 보면 나는 이해가 안 돼. 생선이 있으면 가운데 토막은 아들 주고 딸은 먹을 것 없는 부분을 주더라고. 똑같은 자식인데 어떻게 저럴 수 있나 싶지. 나에게 자식은 다 똑같은 거야.

---

87. 아버지,
두 딸의 어렸을 때 모습이 기억나세요?

— 그럼! 생생히 기억나지. 우리 어머니 환갑잔치 때 큰딸이 갓난아기였는데 겨울이었어. 갓난애가 방에 있는 줄도 모르고 잔치에 온 손님들이 겨울 외투를 하나씩 벗어둔다는 게 애기 위로 수북이 쌓인 거야. 네 엄마가 일하다가 갑자기 애 생각이 나서 방에 가보니 딸이 이불에 둘둘 말려서 아주 푹 익어 있었대. 너희 언니는 그때 죽을 고비를 넘기고 살아났지. 갑자기 그 일이 생각나는구

나. 그리고 우리 막내딸, 너는 정말 빠르게 자랐어. 애가 뭐든지 빨리 되더라고. 누웠다가 엎어지는 것도 금방이고 또 얼마 있으니 금방 기어 다니고, 그러다가 8개월에 벌써 걷지 않겠니? 글도 얼마나 빨리 터득하던지 택시에 태우고 다니면 거리의 간판을 줄줄 읽었어. 네 오빠는 씨름 가르치다가 몸이 아파서 그만둔 게 생각이 나는구나. 내가 서울에 올라와서 택시를 몰면서 이런저런 일들을 겪었지만 자식이 있으니 버텼다.

---

88. 아버지,
지금 제게 바라는 게 있으신가요?

— 너는 이왕 작가가 되었으니 좋은 소설을 하나 써서 사람들이 그걸 알아주면 얼마나 좋겠니. 2010년인가 그때 네가 소설로 대상 탔을 때, 그건 나에게 정말 큰 선물을 준 거야. 시상식 날 초대를 받아서 갔는데 시청 앞 으리으리한 호텔이었지. 네 엄마와 함께 거기 복도를 걸어가는데 거기 사람들이 모두 너를 쳐다보더라고. 자식이 스포트라이트를 받는데 부모가 안 기쁠 수가 있겠니. 사람도 바글바글하고 내 딸이 1등을 했으니 얼마나 좋았겠

어. 그때 너는 나에게 큰 기쁨을 줬지. 앞으로 더 멋진 작
가가 되는 거, 그게 내가 바라는 거다.

---

89. 아버지,
소설가는 고생하는 것에 비해 너무 대접을 못 받는 것 같아요.
저는 방송작가 일을 함께 하면서 생활비를 벌지만 소설만 써서
밥을 먹고 산다는 건 정말 힘든 일이에요.

— 내가 잘 알지는 못하지만 나는 소설가가 판검사보다
더 훌륭한 사람들이라고 생각한다. 판검사는 있는 공부
를 달달 외워서 하는 거지만 소설가들은 창작을 하는 거
잖니. 창작은 없는 것에서 만들어 내는 거야. 그건 정말이
지 아무나 할 수 없는 일이야. 문화적인 일이나 문학, 예
술 이런 쪽이 돈 안 되는 일인 게 안타깝지만 어쩌겠니.
그래도 사람은 예술을 알아야 해. 네가 하고 있는 일은
없는 것에서 뭔가를 만들어 내는 일이야. 아무나 할 수
없는 일이라는 걸 나는 잘 안다.

90. 아버지,
요즘은 동네에서 새로 사귄 친구가 있으세요?

— 요즘 그림 수업에서 가깝게 지내는 친구가 있지. 아직 70대니까 나보다 한참은 어린데 이 친구가 누구인고 하니 과거 대한민국에서 알아주는 춤 선생이야. 그건 그 사람 프라이버시니까 더 이야기 안 하지만, 아무튼 예술이라는 게 다 통하는 게 있는지 그 친구도 그림을 퍽 잘 그린단다. 그 세계에서는 춤으로 최고봉이라고 하더라고. 어쩐지 스타일이 좀 나는 친구야. 과거에 비행기 조종사 하다가 정년퇴임한 친구 두 명도 함께 그림 수업을 받고 있지. 그렇게 넷이서 종종 식사도 하고 커피도 한 잔씩 하고 그런다. 너도 나중에 그림을 그려보렴. 정신적으로 아주 좋아.

91. 아버지,
아버지는 어머니와 성격이 많이 다르죠?

— 네 엄마와 나는 성격이 극과 극이지. 네 엄마는 순진하고 착한 여자라 너무 희생을 하고 살아온 반면, 옛날

일을 꽁하니 마음에 담아두는 성격이야. 나는 또 내가 하고 싶은 대로 하고 사는 사람이라 네 엄마를 힘들게 했지만 대신 내 장점은 마음에 뭘 담아두는 성격이 아닌 거지. 네 엄마는 과거에 내가 잘못한 걸 아직도 마음에 담아두고 풀지 않고 있나 보지만 나는 그런 거 없어. 네 엄마를 항상 안쓰럽게 생각하지.

---

92. 아버지,
두 분은 평생 사이가 좋지는 않으셨잖아요. 혹시 지금이라도 엄마가 헤어지자고 요구하면 어떻게 하실 건가요?

— 상대방이 원하면 그렇게 해줘야 한다고 생각한다. 나는 다른 성격은 어떨지 몰라도 집착 이런 건 전혀 없어. 내가 행복하게 해주지도 못하면서 상대방을 자기 곁에서 못 떠나게 하거나 또 떠나버리면 죽인다고 하고, 그런 집착을 가진 사람들이 얼마나 많니. 세상에서 제일 안 좋은 게 집착이야. 그게 가장 무서운 거거든. 네 엄마가 나보다 좋은 사람이 있다고 하면 보내줄 의향이 있어. 그런데 네 엄마는 고지식해서 그런 걸 요구할 사람이 아닌 게 문제지. 정말 좋은 사람이 있다면 보내줘야 한다고 생각한다.

93. 아버지,
헤어지는 건 아니지만 각자 다른 공간에서 따로 살자고 하면
그것도 응해주실 용의가 있어요?

― 물론이지. 그런데 현실적으로 각각 집을 얻으려면 그
만한 돈이 있어야 하지 않니. 그런 형편이 안 돼서 얻어
줄 수 없지만, 지금이라도 내가 목돈이 생긴다면 그렇게
못 해줄 게 뭐가 있니? 내 나이가 80이 넘었지만 밥하고
빨래하고 청소하는 데 무리가 없고, 그렇게 몸을 움직이
는 게 더 좋은 거야. 네 엄마가 원한다면야 같은 아파트
단지도 좋고 아니면 멀리도 좋고 집을 얻어줄 용의도 있
지. 난 그런 건 열려 있는 사람이거든.

94. 아버지,
만약 시간 여행을 떠나 다시 청년 시절로 돌아갈 수 있다면 무
엇을 해보고 싶으세요?

― 너무 험하게 살아와서 그렇지만 옛날로 돌아갈 수 있
다면 국회의원이 한번 되어보고 싶구나. 아니, 사실 서울
에 올라와서 택시 일을 시작했을 때 살짝 그런 꿈을 꾸기

도 했지. 그때 강북에 택시가 천오백 대 정도 되나? 서울 시내가 만 오천 대 정도 되었을 때니 말이야. 그리고 네 고모부가 지역택시조합 부이사장을 하고 나도 택시를 여러 대 가지고 있었고, 또 오래 그 일을 했으니 가만 계산 해보면 지역의원 한번 할 수도 있겠다 싶었지. 그땐 택시 기사들을 다 알고 있었으니 표를 얻을 수도 있었으니까. 그런 야망이 있었어. 내가 주먹 쓰고 다닐 때도 아이들 100명씩 데리고 다니고 그랬으니 뭔가 리드하고 그런 걸 좋아했나 봐. 국회의원이 되어서 좋은 일도 좀 해보고 그런 꿈이 있었는데 안 되었어. 그게 내 마음속 꿈이었단다.

---

95. 아버지,
아들이 군대에 가기 전에 고향에 들렀던 걸 기억하세요? 그때 꽤 오래된 중국집 사장이 오빠에게 이런 말을 했다고 해요. 네 아버지가 얼마나 무서운 사람이었는지 너는 모른다, 라고요. 무슨 뜻인가요?

― '럭향'인가? 화교가 운영하는 아주 오래된 중국집이 있어. 지금은 세상을 떴고 후손이 운영한다고 하더구나. 중국집에서 아주 유명한 결투가 있었거든. 총각 시절 군

제대하고 서울에서 잠시 살다가 다시 고향으로 내려왔을 때, 이리에서 이미 유명한 황 아무개라는 녀석이 있었어. 그런데 그 녀석과 내가 그 중국집에서 결투를 한 거지. 주먹세계는 거길 휘어잡으려면 제일 센 녀석을 꺾어야 하지 않니? 또 보복이라는 걸 할 수 있기 때문에 보복할 생각을 아예 못 하게 확실히 꺾어야 해. 그때 시골로 돌아온 내가 중국집에서 그 녀석을 무섭게 꺾은 걸 중국집 사장이 보고 하는 말일 거야. 그래도 그때는 서로 주먹을 쥐고 싸움을 했어. 지는 사람은 바로 고개를 꺾고 이긴 사람을 형님으로 모시는 거야. 그 중국집 사장이 네 오빠에게 이렇게 말했다지. 그 당시에 내가 지나가면 풀잎도 다 드러누웠다고.

---

96. 아버지,
청년이던 그 시절이 마치 영화처럼 그려져요. 주막, 난장, 다방, 맥주홀, 위스키까지 낭만 시대에 한량처럼 살았군요?

— 그 시절이 그렇지. 읍내에 맥주홀이 들어서고 다방에서 위스키를 시키면서 그렇게 멋을 부리던 시절이었어. 아무리 돈이 없어도 셔츠며 바지를 단정하게 쫙 빼입고

304

후배들에게 위스키 한 잔씩 먹고 내 이름으로 달아놓으라고 큰소리치고 그랬지. 위스키 한 잔씩 하고 가두극장에 가서 또 내 이름 대고 영화 보고 그랬어. 산업화가 되기 이전의 농업시대니 농한기에는 다들 난장에 가서 씨름 구경도 하고, 순댓국도 한 그릇씩 먹고, 노름도 하다가 가진 돈 다 날리고 주막에 가서 술 한 잔씩 하고……. 생각해보면 참 재미있는 시대였구나. 친척들이 다 같은 지역에 모여 사니 지나가면 서로 인사하고, 누구네 집에 무슨 일이 생겼다고 하면 내가 뛰어가서 해결하고 그랬으니.

---

97. 아버지,
서울에 가서 꿈을 펼치고 싶었지만 뜻대로 되지 않았어요. 그래도 지금 후회는 없으시죠?

— 그때 시골에서는 서울에 가면 출세한 줄로만 알던 시대였어. 서울에 가본 사람도 많지 않았고. 용산에 처음 가보고 그 이후로도 서울을 오가면서 거기는 기회가 있는 곳이다, 라는 생각으로 나도 서울로 올라와서 이런저런 일을 겪었지만 지금 후회는 없어. 하고 싶은 대로 다 했고 후회라는 건 해봐야 소용도 없고 말이야. 그래도 서울

로 데려갈 거라는 것 하나로 네 엄마랑 결혼도 한 거 아니겠니. 서울 가서 잘 살아보고 싶었지만 뜻대로 잘 안 되어 고생만 시키고 미안하지. 하지만 나도 잘해보고 싶었고, 잘 살아보고 싶었던 마음은 진심이다.

---

98. 아버지,
우리가 다 함께 여행을 가본 지 정말 오래된 것 같아요. 결혼 등으로 확장된 가족들 말고, 손자 손녀들도 말고, 원래 우리 다섯 식구만 여행을 가고 싶어요.

— 너희들 어릴 때 가난해도 다 함께 살고 내가 택시를 몰고 여행을 정말 많이 다녔는데 지금은 다들 바쁘고 각자 생활이 있고 하니 여행이 힘들구나. 그래, 기회가 되면 다 함께 여행가자. 그럼, 여행가면 좋지.

---

99. 아버지,
아프지 말고 오래 옆에 계셔주시면 좋겠어요. 그림도 더 많이 그리시고 작품도 많이 남기시고요.

— 그럼, 아직 그림도 배울 게 많거든. 이제 초상화를 배우기 시작했는데 요즘 몸이 좀 아파서 그림을 통 못 그리고 있구나. 초상화 연습을 많이 해야겠어. 실력이 좀 되면 너희들 사진으로 초상화도 하나씩 그려서 선물해주마.

---

100. 아버지, 마지막 질문이에요.
막내딸인 저에게 마지막으로 해주실 말씀이 있나요?

— 자식은 기쁨을 주기도 하고 힘들게도 하지만 정말 너무 좋은 존재란다. 나와 함께 그림을 배우는 친구들 중에 전직 조종사가 있는데 내가 그 친구에게 물어봤어. 소설가를 어떻게 생각하느냐고. 그랬더니 그 친구가 소설가는 아무나 하냐고 하더라. 그거 아무나 하는 게 아닙니다, 훌륭한 따님을 두셨습니다, 라고 말해주더라고. 그러니 네가 더 좋은 글을 쓰고 좋은 작품을 남기는 그런 작가가 되어주면 정말 좋겠구나.

발목이 시큰해도 앞으로 나아가는 수밖에

작년에 나는 두 번 넘어졌다. 두 번 다 발을 접질린 사고였는데 한번은 너무 크게 넘어진 바람에 바로 일어나지 못하고 한참 동안 엎어져 있었다. 술에 취해 넘어진 것도 아니었다. 그저 버스에서 내리다가 경사진 턱을 미처 발견하지 못해서 그렇게 된 거였다. 일어서서 균형을 잡으려는데 발목이 말을 듣지 않았다. 겨우 발목 하나 접질렸을 뿐인데 내 몸은 완전히 균형을 잃어버린 것 같았다. 일주일이 지나도 발목에 힘이 들어가지 않아 한의원을 찾았다. 이리저리 발목을 살펴본 한의사는 최소 한 달은 고생하겠다고 말했다. 열심히 침을 맞았고 다행히 한 달 뒤, 걷는 데는 큰 무리가 없게 되었다. 그런데 다시 며칠 뒤 나는 똑같은 방식으로 다시 넘어졌다. 두 번째라

방어한답시고 몸에 균형을 잡았는데 역시 발목을 접질렸고 무릎과 얼굴이 쓸렸다. 다시 방문한 한의원에서 똑같은 이야기를 들었다.

– 이번에도 또 한 달은 고생하시겠는데요?

'또 한 달'이라는 말에 나는 갑자기 풀이 죽었다. 이전에 넘어졌을 때도 불편함이 이만저만이 아니었기 때문이다. 발목이 마음대로 움직여주지 않는다는 건 생각보다 울적한 일이었다. 건널목을 건널 때 신호등의 신호가 바뀌기 일보 직전인 상태에서도 뛸 수가 없었다. 떠나려는 버스를 잡을 수도 없었다. 가슴이 답답할 때마다 동네 한 바퀴를 뛰었는데 이제는 그마저도 할 수 없었다. 그건 그냥 단순히 넘어졌다는 것이 아니라, 마치 그 나이가 돼서 그런 거라는 기분이 들었다. 한의원에서는 쐐기를 박듯 이렇게 말했다.

– 마흔 넘으면 그래요. 발목 인대가 한 번 늘어나면 예전으로 못 돌아갑니다.

내 생각에 나는 아직 젊은 것 같은데 몸은 그게 아니라고 말해주는 것 같았다. 이제 머지않아 찾아오리라고 생각되는 갱년기도 결국에는 다가올 것이다. 아빠가 돌아가시기 전까지는 철없이 굴어도 되는 어린애 같았는데, 아빠가 돌아가신 뒤로는 갑자기 모든 것이 달라진 기분이 든다. 20대에는 내가 40대가 되어 있으리라고는 생각지도 못했는데 나는 이미 중년이 되어버렸다. 그리고 내 기억에 가장 힘든 뒷모습으로 남아 있는 중년의 아빠와 얼추 비슷한 나이가 되었다.

앞으로 나에게는 어떤 일들이 일어날까? 어쩌면 나는 80을 넘기지 못할 수도 있다. 그런 생각을 하면 조금 두려워진다. 그래도 온전한 한 생을 살아보려면 앞으로 30년은 더 살아보고 싶기 때문이다. 예전에는 죽음을 떠올릴 때 구차하게 삶에 연연하지 않는 아름다운 죽음을 맞고 싶다고 막연히 생각했다. 그런데 아빠의 죽음을 겪으면서 그것이 얼마나 뜬구름 같은 소리이며, 그런 소망은 환상에 불과할지 모른다는 걸 깨닫게 되었다. 설사 지금 죽어가고 있다 하더라도 생을 향한 끈을 놓아버리기란 어려운 일이다. 이게 맞다, 틀리다, 딱 나눠 결론 내릴 수는 없다.

아빠가 떠나고 1년 6개월이 지났다.
날짜를 세는 것이 의미가 없다는 것도 알고 있고 실제로 그러지도 않았다. 오늘에야 비로소 지나간 날짜를 세어보니 그렇다는 이야기다. 작년에 넘어지면서 휴대폰이 깨진 바람에 기기를 바꾼 후에는 아빠 사진도 잘 열어보지 못했다. 한동안은 길거리에서 아빠 비슷한 사람만 봐도 눈물이 뚝 떨어져 내리더니 이제는 그냥, 조금은 무덤덤해졌다. 그렇다고 아빠 생각을 하지 않는 건 아니다. 아빠와 함께 앉아 있던 벤치, 같이 가던 카페, 우연히 마주치던 장소에 가면 어김없이 아빠가 선명하게 떠오른다. 그건 보고 싶다는 것보다는 그리움에 가까운 것 같다. 그립다는 말은 애틋하고 간절한 마음이지만 한편으론 견딜 수 있다는 말이 아닐까. 한번 넘어진 발목은 여전히 아프다. 아빠가 떠나고 남은 자리도 비슷하다. 예전으로 돌아갈 수 없는 발목처럼 내가 살아가는 동안은 내내 아프고 시큰거릴 것 같다. 그럼에도 앞으로 나아가는 것 외에 다른 방법이 없다. 나에게 찾아온 몸과 마음의 변화를 받아들이며 그냥 앞으로 걸어가는 수밖에. 아빠처럼 세월을 정직하게 받아들이는 딸이 되고 싶다. 그러면 어디선가 아빠가 이렇게 말해줄 것만 같다.

  - 우리 경희 많이 컸네.
   우리 딸, 아빠가 많이 사랑해.

*

이 책을 나의 아버지에게 바칩니다.